欢迎来到实力至上主义的教室 ⑤

橘茜

与堀北学同样是三年级的学生会书记。总是跟着学生会会长。

不，因为我的直觉告诉我不想让这孩子和会长独处！

堀北学

高度育成高中的学生会会长。是堀北
铃音的哥哥，但对妹妹很严苛。似乎
非常器重绫小路⋯⋯

你真的想改变吗？改变这所学校。

我怎么知道。赢的会是堀北，只有这点不会有错。

虽然其他男生无从得知，不过伊吹的运动能力其实很强。我手上有关她的信息很少，无法断言哪方会胜出。

小伊吹的运动神经很好吗？

好久不见了，绫小路同学。

暌违八年又两百四十三天了呢。

欢迎来到实力至上主义的教室 ⑤

c o n t e n t s

欢迎来到实力至上主义的教室

〔日〕**衣笠彰梧** 著

虎虎 译

人民文学出版社
PEOPLE'S LITERATURE PUBLISHING HOUSE

著作权合同登记:图字 01-2019-4307 号

YOUKOSO JITSURYOKUSHIJOUSHUGI NO KYOUSHITSU E Vol. 5
© Syougo Kinugasa 2017
First published in Japan in 2017 by KADOKAWA CORPORATION,Tokyo.
Simplified Chinese translation rights arranged with KADOKAWA CORPORATION,
Tokyo through Timo Associates Inc.,Japan.

图书在版编目(CIP)数据

欢迎来到实力至上主义的教室.5/(日)衣笠彰梧
著;虎虎译. —北京:人民文学出版社,2020(2025.3 重印)
ISBN 978-7-02-015403-6

Ⅰ.①欢… Ⅱ.①衣… ②虎… Ⅲ.①长篇小说-日
本-现代 Ⅳ.①I313.45

中国版本图书馆 CIP 数据核字(2019)第 164175 号

责任编辑 卜艳冰 曹敬雅
装帧设计 钱 珺

出版发行 人民文学出版社
社 址 北京市朝内大街 166 号
邮政编码 100705

印 制 上海盛通时代印刷有限公司
经 销 全国新华书店等

字 数 169 千字
开 本 787 毫米×1092 毫米 1/32
印 张 9.625
版 次 2020 年 7 月北京第 1 版
印 次 2025 年 3 月第 9 次印刷

书 号 978-7-02-015403-6
定 价 49.00 元

如有印装质量问题,请与本社图书销售中心调换。电话:010－65233595

须藤健的独白

老实说，我并不优秀。

那种事情用不着别人说，我也很清楚。

陪酒女的老妈离家出走时，我就下定决心要变得坚强。

父亲的背影缩成小小一团。

我常对他那做清洁工安静度日的身影感到恶心。

我脑筋不好，早早就放弃念书，进入了体育世界。

最初很喜欢网球或桌球那种单人运动，却总觉得不太对劲。

我可以顺利掌握要领，但很清楚自己无法成为一流球员。

在这种情况下我遇见了篮球。

虽然我很不擅长团队合作，但奇怪的是，唯独篮球是例外。

所以我的篮球实力才会大大增长。

之后，我从全国首屈一指的篮球高中收到了体育推荐入学通知书。

但我却引起了暴力事件，推荐入学的事因此化为泡影。那时，我便深深体悟到了……

体悟到我这个人，是人渣父母所生的人渣。

所以我才会选择这所学校。

选择这所既不用花钱，未来也有保障的学校⋯⋯

体育祭开幕

"按照干支动物顺序排列学生姓名，就是找出优待者的关键呢。"

目前我所在的是人气咖啡厅"帕雷特"最里面的桌位。

暑假结束，我和平田、轻井泽、堀北这些奇妙的成员围着午餐餐桌，目的是为了回顾暑假中举行的船上特别考试。分成十二干支小组，在混合的队伍寻找优待者。我们正在对答案。

"兔子在干支里的顺序是第四，组员顺序则是——绫小路同学、一之濑同学、伊吹同学，接着轻井泽同学呢。"

"这样啊。按照五十音顺序我的名字是第四个，所以才会是优待者呢。"

轻井泽佩服地点头。话虽如此，但在场的两名女生乍看应该很不搭调，却因为平田的存在，不知为何消除了违和感，真是不可思议。

"不过啊，那规律岂不是非常简单吗？也就是说，堀北同学你们龙组的优待者，就是名字顺序排第五的栉田同学吧？"

轻井泽询问道，"啪"地插下吸管，把牛奶送入口中。

"是啊，如果知道答案，确实很简单。不过，要在考试上得到这项答案并不容易。只知道自己班级的三个优待者，是无法找出规律的。"

包括我们自己班级的优待者在内，还必须知道一个班级的三名优待者姓名，才能勉强看得出其可能性吧。况且，就算发现优待者是以"与干支顺序相应的名字顺序"而定，第一次答题具有风险这点依然不会改变。

因为万一猜错答案，就会受到相当大的损害。

当然，如果赌赢了，也可以一口气扭转乾坤。

"我在意的是C班呢，我认为龙园同学在考试中就摸索到了规律。"

平田的推测大概是对的。如果不是那样的话，他无法取得那种成果。

"可是啊，这不是很奇怪吗？如果是这样，那他为什么会失误？"

"这点我也很在意。虽说有巨大风险，但如果知道规律，就算识破所有优待者也不奇怪。换句话说，他们班照理来说不会弄错答案。"

然而，如果试着整理一下的话，事实上C班有几组却答错了。

堀北用稍微不同的观点说出自己的看法。

"就算C班看起来像是龙园同学的一人舞台，但还是可以看出他们并非团结一致吧。因为也会有不少人对他的独裁政权不满。"

"确实如此呢。全体学生都有作答权，所以我认为也无法彻底排除不服龙园同学方针的学生。或许他无法彻底统率的学生，就是他失策的理由。毕竟如果自己回答正确，获得的点数也很庞大呢。"

堀北和平田的推理方向不错。然而，我们也无法断定就是如此。因为如果有叛徒的话，龙园一定会找出那个人。就算删掉邮件，那家伙或许也会做出确认个人点数的这一步。

"你怎么想，绫小路同学？"

堀北这样问道，平田和轻井泽同时看向我这边。

面对集中在我身上的视线，我差点呛到。

"我不知道欸，完全没头绪。"

我这么说道，他们就一下子失去兴趣地移开视线。

只有轻井泽还看着我，我和她对上眼，她过了一会儿才撇开视线。

"不管怎么样，打好关系就是我们的当务之急了吧。而且，像这样和堀北同学、绫小路同学一起商量，我觉得很开心呢。"

堀北从没按照过平田希望的那样进行讨论。

但是，两场特别考试结束之后，堀北的想法也终于开始出现变化。因为自己被逼入绝境，所以开始一点一点理解独自一人无法战斗的这件事实。

"这也没办法吧。干支考试是绝对无法靠一个人完全攻略的特殊试炼。如果今后也会有那种考试，拥有一定的人脉，就会变得很必要。"

让堀北改变想法的最大要因正是那点。不过她说得没错。不断孤独地战斗也有极限。可以想象今后会有许多无法独自战斗，社会缩影般的考试。

"话说回来，你们顺利从龙园同学的手中逃出来了呢。"

不同于堀北的队伍，身为其他组优待者的轻井泽没被识破真面目，漂亮地完成了考试。带给D班的间接利益也绝对不小。

"算是吧，我可是意外地擅长摆扑克脸呢。对吧，洋介同学？"

轻井泽抱着平田的手臂，抬头微笑。我甚至无法想象他们两个的关系有过摩擦。至于这是不是演技，我并不感兴趣。

"因为龙园作答前，有其他人弄错了答案呢。多亏如此。"

不过，她是何时以平田的名字来称呼他的呢……洋介——虽然我也想这么叫他，不过我做不到。这或许是平田和轻井泽两人的复杂情况所创造出的新关系。

平田用笑容回应轻井泽，接着面向堀北。

"我有一个提议，可以听我说吗？"

面对平田的提议，堀北没有答复，保持了沉默。这表示的意思是——说吧。

"首先，为了团结班级，我想拉栉田同学入伙。我认为她可以补足我们四人无法顾全的部分。因为像池同学、山内同学，能完全统合多数男生的人很有限呢。"

可以驾驭那种学生的人，说不定就是栉田。然而，不知道堀北会不会轻易同意。从入学到现在，她们两个的关系一直都很糟糕。

"不需要，你说的道理我都明白，但就算只有我们也做得到。为此才会找你和轻井泽同学。如果你们两位愿意帮助我，就可以解决问题了。你们若是像某位仁兄那样性格别扭，或许就另当别论了呢。"

她斜眼看向我。实在是很没礼貌的家伙。

"如果是绫小路同学的话，他也许的确跟不上我们呢……"

平田以外的两人同意似的点了点头。

"你们觉得我性格别扭，还真是错怪了我。我是随波逐流的群众之一，正好就是你所说的可操控之人。换句话说，就是我是个小人物。"

"会说自己是小人物的，通常都不会是小人物。"

"那你是小人物吗？"

"我？我怎么可能会是小人物？你能不能别小看我？"

"……好、好的。"

这只能让人想成是搞笑短剧，但堀北看来完全不像在说笑。难以判断这是在搞笑还是什么，但她无疑是认真的吧。

1

下午的课成了两小时的班会。

D班班主任茶柱老师一来到教室，就淡然地开始进行说明。

"今天开始继续上课，但第二学期从九月到十月初为止的一个月，会增加为了体育祭做准备的体育课。我会发新课表，请好好保管。另外，关于体育祭的资料也会连同课表一并发出。请第一排学生把资料往后传。"

一听见体育祭这字眼，部分学生就发出了惨叫。虽然也有学生期待这项活动的到来，但活动如果是以体育为主，果然还是会有许多学生不由得讨厌。

"另外，学校首页也公开了活动详情。有需要的话，请参阅网页。"

"老师，请问这也是特别考试之一吗？"

平田身为班级代表，在举手之后提出问题。

老师当然会回答"没错"——虽然任何人都这么想……

"要怎么理解是你们的自由。无论如何，那都无疑会对各班造成巨大影响。"

茶柱老师这么说道，做出既非肯定也非否定的暧昧回答。不擅长运动的学生更是发出惨叫。如果这是普通学校，学生不认真也好、弃权也好，都是自由的，但因为那是左右班级命运的活动，就算不擅长也无法逃避。

"太棒了！"

须藤等少部分学生对运动拥有绝对自信，他们像在表示机会就是现在般地兴致勃勃。这应该也能说是第一场可以靠脑筋以外的事情为班上做贡献的考试。

"绫小路同学，这个……"

正当周遭的同学都想落荒而逃，独自不断翻阅资料的堀北好像有了新发现而指着资料。我也翻出资料，确认那个地方，发现那里写的是很出乎意料的考试方式。虽是一瞬间，但茶柱老师好像朝我这里看了看。

"已经有人通过资料发现了吧，这次体育祭采用将所有年级分成两组的比赛方式。你们 D 班被分到红组，A 班也同样会作为红组而战。也就是体育祭这段期间，A 班会是你们的伙伴。"

B 班和 C 班成了白组，体育祭将以红组对抗白组的形式举行。

"真的假的，还有这种事！"

池会惊讶也不无道理。笔试也好、特别考试也好，基本上考试都是以班级为单位来战斗。然而，没想到这回却是团体赛。与上次在船上的特别考试又是不同的合作形式，而且还是跨年级的合作战。

我隔壁的邻居虽然故作镇静，但内心应该陷入了恐慌。

这家伙的哥哥——堀北学，隶属三年A班。也就是说，他们有机会进行讨论。

"你终于有机会和他接触了吗？"

"……不要在这里提这件事。"

我只是轻轻提及，就惹她生气了。看来我讲错话了，堀北怒瞪着我。

她手上握着的那只笔尖发亮的自动铅笔让人毛骨悚然，我真希望她不要这样。

"你们先看体育祭会带来的后果。我不打算重复说明，请你们一次好好听清楚。"

茶柱老师轻轻敲着资料，告诉我们必须确认的要点。

我一面侧耳倾听，一面将视线落在资料上。那里写着的内容如下：

　　　体育祭上的规则及分组。
　　　体育祭采取全年级分成红、白两组的对战方式。
　　　　分组由红组A班、D班，白组B班、C班

构成。

全体参加竞赛的分数分配（个人竞赛）。

按照结果，学校将予第一名学生所属小组十五分、第二名学生所属小组十二分、第三名学生所属小组十分、第四名学生所属小组八分。

第五名以下的名次依序各减一分。团体赛则予获胜组别五百分。

推荐参加竞赛的分数分配。

按照结果，学校将予第一名学生所属小组五十分、第二名学生所属小组三十分、第三名学生所属小组十五分、第四名学生所属小组十分。

第五名以下的名次依序各减两分（最后的接力赛跑将予三倍分数）。

红白对抗结果带来的影响。

在全年级综合分数上输掉的组别，将一律扣除该组所有年级的一百点班级点数。

年级排名所带来的影响。

在综合分数上获得第一名的班级，将予班级点数五十点。

　　在综合分数上获得第二名的班级，班级点数不
会变动。

　　在综合分数上获得第三名的班级，将扣除班级
点数五十点。

　　在综合分数上获得第四名的班级，将扣除班级
点数一百点。

"很简单，意思就是你们必须尽全力比赛，不能掉
以轻心。因为输掉的小组受到的惩罚绝对不轻。"

扣除班级点数一百点，这确实很重要，但我也很好
奇其他几件事。

"老师。请问获胜组别会得到多少点数呢？好像没
记载这点。"

茶柱老师对平田的单纯疑问抛出一句无情的话。

"不会有任何点数，只是不会被扣分而已。"

"哇，真的假的……这样完全没好处嘛。"

附近一片哀号。教室里会变得闹哄哄也是难怪。至
今为止，巨大的风险都会伴随着无以计量的回报，但这
次的体育祭却没有任何回报。

"学校也会计算各个班级的分数，请你们留意。就
算 A 班表现出众、活跃，你们隶属的红组胜利，假如
D 班综合分数是最后一名，还是会受到扣除一百点的
惩罚。"

　　换句话说，就算小组轻松获胜，别说是得利，甚至还会亏损。这次考试规则着重于"要认真全力应战"。

　　话虽如此，但只有D班表现活跃也不够。就算我们在年级排名中获得第一名，并赢得五十点，要是输给白组的话就会被扣一百点班级点数。要是所在小组输了，又在年级综合分数上取得第四名，就会受到共计扣除两百点的惩罚。以红组获胜作为大前提，D班也必须做出贡献。虽然这么一看，可以看得出它比其他考试都还要严苛，但是也有如特别奖金般的奖励。

　　个人比赛的酬劳（可用于下次期中考）。
　　学校将赠予在个人比赛中获得第一名的学生个人点数五千点，或是笔试相当于三分的成绩（选择分数的话不可赠予他人）。

　　学校将赠予在个人比赛中获得第二名的学生个人点数三千点，或是笔试相当于二分的成绩（选择分数的话不可赠予他人）。

　　学校将赠予在个人比赛中获得第三名的学生个人点数一千点，或是笔试相当于一分的成绩（选择分数的话不可赠予他人）。

在个人比赛上获得最后一名的学生会被扣除个人点数一千点（若持有点数不满一千点，笔试会被扣一分）。

关于违规事项。

请熟读并遵守各项比赛规则。违规者会取消参赛资格。

品性恶劣的学生可能受到退赛处分，学校也将考虑扣除该学生至今获得的所有点数。

最优秀学生的酬劳。

对于在所有比赛中得分最高的学生，学校将赠予个人点数十万点。

各年级最优秀学生的酬劳。

对在所有比赛中各年级得分最高的三名学生，学校将各赠予个人点数一万点。

虽然这奖励比至今为止的考试都还逊色，但是学校也准备了特别待遇，从条件严苛到简单的都有。

"老、老师老师！这个在拿下第一、二名时的特别待遇，获得笔试成绩是什么意思？"

　　池立刻把身子往前倾，向茶柱老师寻求详细说明。茶柱老师好像觉得这副模样很有趣，罕见地笑了笑。

　　"就如你所想的，池。在体育祭上每获得一项胜利，就会得到可以弥补笔试成绩的分数。你应该不擅长英文和数学吧？你可以随意使用获得的点数。想必光是持有点数，就会在下次考试上派上很大的用场。"

　　失去冷静也是情有可原，仅擅长运动的学生们发出喜悦的尖叫。如果在体育祭上表现活跃，并且获得分数，就会提高及格的可能性。

　　由成绩在及格线附近徘徊的学生看来，这简直就像是他们梦寐以求的情况。对平田他们那种优等生来说，这不是多大的恩惠，但相对的，如果不需要分数的话，只要选择获得个人点数就好。

　　除了笨蛋三人组以外也有不少学生对自己的成绩感到不安。如果在笔试中不及格，则会被强行退学。因此笔试成绩也很重要。

　　然而，这种好事当然也另有隐情。

　　　所有比赛结束后，学校会在各个年级内合计分数，惩罚排名最后的十名学生。

　　　惩处的详情因年级而异，因此须向班主任确认。

下面也写着这般感觉非常棘手的文字。

"老师，这个惩罚是指什么？"

"你们一年级学生的处罚是下次笔试上被扣分。综合成绩倒数十名的学生会被扣十分，请你们留意。至于会以什么方式扣分，我会在快要笔试时再次说明，所以我不在此接受提问。另外，倒数十名学生同样也会在笔试说明时公布。"

"咦咦咦咦咦！"

换言之，假设池拿到年级中最后一名的成绩，他就必须在下次笔试中考到比及格线还多十分的成绩。

我听完说明，接着就确认起体育祭的比赛项目。

体育祭项目大致分为"全体参加"和"推荐参加"两种。全体参加——顾名思义就是班上所有学生都要参加的项目。个人一百米赛跑和拔河等团体比赛都属于这类。

与之相对，推荐参加就是班上选拔出部分学生参加的比赛。虽然说是推荐，但如果班上都同意的话，自荐参赛也可以，而且一人参加多项"推荐参加"比赛也没关系。总之，那就像是必须靠讨论来决定的项目。比赛内容有借物比赛、男女混合两人三脚、一千两百米接力赛跑，等等。参加这类比赛的人实力应该不凡。

这场体育祭的分数增减，是单纯依据结果来进行，所以规则非常简单，但不仅有团体排名，还有各个班单独的排名。我们不仅要注意变成敌人的 B 班、C 班，也必须留意身为伙伴的 A 班。虽然我们要互相帮助，但为了在各年级的综合分数上取胜，我们必须尽量靠自己班级在各项比赛上拿下前面的名次。无人岛上也好，船上也好，考试的构造都无法让人省心应考。

"体育祭举行的项目详情全都如资料所示，不会有任何变更。"

"这样岂不是超难的吗？简直无法和初中时期相比！"

　　全体参加项目

　　① 一百米赛跑

　　② 跨栏赛跑

　　③ 倒杆大赛（限男）

　　④ 投球大赛（限女）

　　⑤ 男女分组拔河

　　⑥ 障碍物赛跑

　　⑦ 两人三脚

　　⑧ 骑马打仗

　　⑨ 两百米赛跑

　　推荐参加项目

　　⑩ 借物比赛

⑪ 四方拔河

⑫ 男女混合两人三脚

⑬ 全年级混合一千两百米接力

上面罗列着共计十三种比赛项目。号码表示比赛的举行顺序。大家会提出不满，好像是因为全体都要参加的项数很多。

"一个人差不多要比三四项左右！再说，这应该无法一天比完吧？"

"校方当然也考虑到了。当天没有声援比赛、舞蹈、团体体操等项目。体育祭完全是比体力、运动神经的活动。接下来是非常重要的事。这里有张参赛表，参赛表上写着所有项目的详情。你们要自己决定以什么顺序参加各项比赛，并填在这张参赛表上，再由身为班主任的我交出去。初中不会采用这种形式，所以我希望你们注意别弄错。"

"说要自己决定参加顺序，究竟是要决定到什么程度呢？"

平田提出理所当然般的疑问。因为是理所当然的问题，所以茶柱老师的回答也很迅速。

"全部。体育祭当天举办的所有比赛，甚至谁要在第几组赛跑，全都要由你们商量决定。提交参赛表之后，无论有什么理由都不允许替换参赛者。这就是体育祭的重要规则。提交时间为体育祭前一周到比赛前一天下午五点。如果超过提交的期限就会被随机分配，还请你们留意。"

也就是说，这是场必须自己拟定计划、思考、取胜的体育祭吗？

体育祭上参赛表的存在显然可以说是班级的命脉。

"请问我也可以提问吗，茶柱老师？"

至今安静聆听的堀北问道，并举起了手。

"问吧，毕竟要问只能趁现在呢。"

茶柱老师看见她这副模样，就浅浅地笑了笑。

平田和堀北都对这所学校的机制有一定的掌握。

他们很清楚在这阶段先尽量提问，将关系到之后的发展。尤其现在不会对点数造成影响，无论有多少疑问都该事先解决。

我可以预见到体育祭当天才问东问西，也为时已晚。

"您说在上交参赛表的那一刻就无法进行变更，不过假如当天出现缺席者会怎么样呢？如果是个人比赛的话，我想就会像资料记载的那样视为缺席，但团体赛……特别像是数名学生进行的骑马打仗，或两人三脚这种比赛，要是缺一人的话，比赛本身就不会成立。"

"'全体参加'的比赛，人数少于最低所需人数的话，就视为无法进行比赛，并且失去参赛资格。如果是你刚才说的骑马打仗，则会无法组成一匹马，所以应该会在少一匹马的状态下比赛。两人三脚也是一样。选择健康、强壮的队友应该会比较明智呢。"

命运共同体。也就是说，选择运动神经优异的学生固然重要，但与健康、没受伤的伙伴组队，也同样很重要吧。

"然而，作为应急措施，这也有特例。关于体育祭焦点'推荐比赛'，是允许推出替补人选的。然而，假如可以任意推替补，参赛表的意义就会消失。说极端点，你们甚至可以说谎准备替补人员。因此学校设有特殊规定：支付点数作为代价，才会准许学生替补。"

也就是说，学校不允许不当行为，因此才让我们支付代价吗？

"我要对这点补充提问。就算身体不适、身受重伤，但本人如果希望上场，请问我们可以不派替补、继续比赛吗？还是由医生来决定是否终止比赛呢？"

"基本上是交给学生自主决定，因为自我身体状况的管理也是进入社会时不可或缺的事呢。就算在重要会议的日子发烧，也不可以轻易请假，还必须拼命故作平静。"

总之，就算身体不适也是自己的责任，学校好像不会阻止学生参加。

"话虽这么说，但如果状况让人无法袖手旁观，学校再怎么说也不得不阻止。"

"我了解了。那么，请问替补所需点数是多少呢？"

"各项比赛都是个人点数十万，要不要使用都是你们的自由。"

"……原来如此，谢谢。"

不是付不起的金额，但也绝对不便宜。然而，我们也必须考虑到自己会陷入需要替补的情况吧。

"如果没人提问的话，我就要结束提问时间了。"

老师环视教室一圈。几名学生好像有点困惑，面面相觑、小声讨论，但不打算向茶柱老师进行确认。虽然不该就这么留下疑问，可是谁也没指出问题，提问时间就这么结束了。

"下一节课要去第一体育馆，和其他年级的各个班级碰面。以上。"

茶柱老师确认时间，提及班会时间还有剩余。

"班会时间还剩二十分钟左右，剩余的时间你们可以随意使用。要闲聊、要认真商量都可以。"

有了老师的许可之后，压抑的寂静气氛一口气爆发。

团体各自聚集起来，开始随心所欲进行有关体育祭的讨论。

往堀北身边聚集而来的有须藤、池、山内。

"堀北，我们来商量要怎么熬过体育祭吧。"

"赞成赞成，想个可以拿下第一名的方法嘛。"

堀北事不关己地看着男生群聚的光景，深深地叹了口气。

"为什么我这里只有这种人会过来呢……"

"真是悲哀的现实呢。"

"我完全同意。"堀北这么说，却还是想认真思考，便打开了笔记本。

"好，总之先听听你们的意见。"

"我我我！"

池精神饱满地迅速举起手。堀北拿笔尖指着他，催促他发言。

"我想要轻松获胜！"

"这无法作为意见呢，你能别做这种小儿科发言吗？"

她果断地舍弃池的意见。哎，池的希望会被否决实在也没办法。

"我有 D 班能取胜的方法哦。"

须藤自信满满地开口。

"虽然不抱期待，但我就听你说说吧。"

"全体参赛的项目是不知道啦，但我会参加所有推荐比赛。这么一来我们就会赢。"

对运动比谁都有自信的须藤争先恐后地提出这点。

"你的发言本身和池同学水准相同，但这方法单纯可靠呢。你在班上也很出众、运动神经优异，参加所有推荐比赛也不是件坏事。因为就算同一人参加多项比赛，规则上也是没问题的。"

我也赞成，但池他们好像心有不满，而开口批评道：

"我们也想要参赛机会，三名以内可以得到点数呢。"

"就算会降低班级获胜的可能性？"

"哎哟，话是没错……我只是希望有机会嘛……"

"推荐比赛通常都是运动神经好的人参赛，你不行啦，宽治。"

"不试试怎么知道……说不定我也可能偶然获胜啊，要公平才对吧！"

"这点在之后班级讨论应该是不可或缺的呢……"

堀北虽然可以在此说服池，但她猜想班上也会有其他学生像池这样想，于是便这么说道。

然而，这次那句话却好像刺激到须藤了。

"只要擅长运动，当然都要参加，这才是最重要的吧？你太天真了，铃音。"

我也很清楚须藤想说的话，堀北也没对此表示反对。就算从只会读书的优等生看来，像须藤这样的学生可以在体育祭上表现活跃，才较为理想。如果须藤这种笔试有不及格风险的学生可以拿下许多点数，那也没话可说。

不过，要说是不是班上所有人都会赞同，就不是那么单纯的事。因为得奖可以获得的特殊奖励，对学习成绩越差的学生而言越有魅力。

对经常置身在退学危机下的学生们来说，那奖励应该是他们极度渴望的东西吧。

"我理解你想参加所有项目的想法，但是我也未必就会支持你参加所有比赛。"

"为什么啊？"

"因为体力并非无止境，如果连续参赛当然会有所消耗，要连胜是很困难的。"

"就算这样也总比交给运动白痴好吧。我就算再累也比这些人有用。"

他瞥了包括我在内的男生们一眼，并且嗤之以鼻。池他们好像很不甘心，但也无法反驳。

"现在在此继续这个话题也不会有答案，下次班会上再决定吧。"

堀北预料再这样下去也不会有进展，就这么说道，早早结束讨论。

2

第二节的班会安排全年级会面。

被召集到体育馆的，是总人数多达四百人的师生。

是一年至三年级被分成红组、白组的全校学生们。

堀北静不下心地张望。

她是在寻找在这所学校担任学生会会长的哥哥——

堀北学吧。但是很尴尬，人这么多的话，就算知道班级，也无法轻易找到她哥哥。

而且，她觉得自己会给哥哥带来困扰，也因为她正在用拘谨的目光约束自己的举止，所以视野似乎很有限。

我觉得，她要是那么喜欢哥哥，应该再光明正大一点。

可是对堀北而言，那却比什么都难，应该绝对办不到吧。回想起来，这家伙没主动去见过哥哥一次。

集合的学生们一坐到地上，就有数名学生往前走去。全体视线都集中了过去。

"我是三年A班的藤卷，担任这次红组的总指挥。"

看来并不是堀北的哥哥主持。

我本来以为他是学生会会长，所以什么都主持，但好像也不是这样。

这么一来，我反而很好奇他平时都在做些什么。

"我要先给一年级学生一项建议。或许有部分人会觉得啰嗦，但体育祭是非常重要的活动，请你们谨记在心。体育祭上的经验也必定会运用到其他考试上。今后的考试里面，也会有许多乍看之下就像是游戏。不过无论是哪个，都会成为能否在学校生存下去的重要战斗。"

高年级学生的建议令人感激，但也很模棱两可。

"你们现在说不定既没真实感，也没有干劲。但既然要比赛，那就得取胜。唯有这点，要铭记在心。"

藤卷说出沉重的话，环视红组所有人，接着说：

"牵涉所有年级的项目，就只有最后的一千两百米接力赛跑。除此之外全都是分年级的项目。各年级现在集合起来，各自去讨论方针吧。"

以藤卷的话为开端，葛城率领 A 班成群聚集而来。

D 班的样子有点畏缩，因为大家对那精英集团怀有紧张感。

第一学期 A 班的成绩具有压倒性，旁人无法望其项背。

"虽然是以奇妙的形式一起战斗，但也请你们多多关照了。我想可以的话，伙伴之间能不起争执、互相合作就好。"

"我也是这么想的，葛城同学。我才要请你们多多关照。"

葛城和平田互相表明今后将会合作。

在 A 班看来，和最后一名的 D 班联手，原本就没有好处。然而，要是不合作的话，伙伴之间就会互扯后腿。

这场面与其说是要像手足一般彼此信任，倒不如说是为了不起争执而缔结协议。

"欸，那个人……"

池在我身旁这么小声嘟哝。

但我也不是不了解他会这么嘟哝的心情。我也注意到了，堀北应该也是如此吧。因为这个地方有一名A班的学生显得很突出。

然而，任何人都没有说出口。因为这不是现在说得出口的气氛。

"虽然我想各班都有方针……"

不知道葛城有没有发现D班奇怪的视线，在他淡然地打算进行话题时，体育馆内嘈杂起来。

"也就是说，你不打算讨论对吗？"

少女的声音从稍远处传来，响彻了体育馆。大家不知发生什么事，视线于是聚集了过去。

声音的主人是一年B班的一之濑帆波。她的视线前方有一个班级左右的学生正打算离开体育馆。其中双手插口袋的一名男学生回过头来，他是C班领袖——龙园翔。

"我可是出自善意才想离开的。就算我提出合作，我也不认为你们会相信我。到头来，我们只会从一开始就在互相刺探对方的想法吧？这样很浪费时间。"

"原来如此。你是在替我们省事呀！原来如此……"

"就是这样，你可要感谢我。"

龙园笑了笑，就带领C班全体学生迈步而出。

这片光景让人确信C班的独裁政权一丝不乱。

"欸，龙园同学。你有自信不合作就赢得这次考试吗?"

一之濑或许还是想和龙园合作,因此仍在让步。

可是龙园没有停下脚步。

"呵呵,谁知道呢。"

龙园微微一笑,C班所有学生在他指示下都撤离了。虽然D班只是在远处看着,但轻井泽一瞬间露出愁容。那也没办法。她在暑假举行的船上特别考试和C班的女生——真锅她们起了冲突。

自那次之后,她隐瞒的"遭霸凌的过往"便暴露了出来。

然而,知道那次摩擦的,包含当事者在内,就只有我和幸村。但幸村并不知道轻井泽过去曾受霸凌。

真锅一瞬间把视线投向D班,看着轻井泽,但也只有短暂一瞬间。她马上就别开视线,仿佛什么事也没有似的跟着龙园离去。

"他们也是有苦衷的呢,居然和C班编在一起。"

虽然D班也并没有很团结,但与C班相比好像还算比较好。这也让人再次体会到龙园握有班级一切决定权。

看着这情况的葛城给了堀北建议。

"这次你们D班是伙伴,所以我才会先给予忠告。你们别小看龙园,那家伙会边笑着边接近你们,接着突然袭击。要是大意的话,可会尝到苦头。"

"谢谢你的忠告，不过从你的语气看来，那是经验之谈吗？"

"……反正我劝过你们了。"

葛城不打算深谈，回到原本的地方。

"也就是说，他们已经开始行动了吗？"

在我们阵营里看着 B 班、C 班的一名学生低语道。

那是我刚才就很在意，在此也散发着与众不同气质的娇小少女说出的话。

少女独自坐在椅子上，静静低垂视线，双手握着纤细的拐杖。

任何人应该都看得出那名少女的脚不方便。

"她叫坂柳有栖，因身体不方便才坐在椅子上，希望你们可以理解。"

解释的不是她本人，而是葛城。

"那就是坂柳……"

她就是传闻中在 A 班与葛城势力对等的另一名领袖啊。

她纤瘦的身形可以让我理解她为何缺席无人岛旅行，而且因为脚不方便，才坐在学校准备的椅子上。即使周遭眼光集中在她这副拿拐杖的身影上，她本人也毫不在意。

偏短的头发不知道是不是染的，是银色的。这成了

她的强烈特征。她的肤色雪白，名字是有栖①，具有那种会让人认为她是来自不可思议国度的感觉。

"她超可爱的欸……"

D班男生会这么吵闹也是理所当然。她的可爱、美丽又不同于栉田或佐仓。虚幻脆弱的模样，营造出了身边的人会想保护她的氛围。

然而，男生们无法表现出平时那种胡乱玩笑、向对方搭话的举止。虽然表面很柔弱，但她不知为何让人感受到强烈的气场，应该是因为她那双炯炯有神的眼睛吧。她的气场甚至让人隐约觉得靠近的话会发生什么坏事。

察觉到自己正受人瞩目的坂柳温柔地微笑道：

"很遗憾，我无法作为战力派上用场。所有比赛都会是不战而败。"

她为自己虚弱的身体表示歉意。

"想必我给自己的班级和D班都添了麻烦，关于这件事，请让我先在此道歉。"

"我想你不必道歉哟，因为没有人会在意的。"

关于此事，以平田为始，须藤也没对少女流露不满。

关于这种无可奈何的事，谁也没有苛责。

———————————

① 有栖的日文发音与 Alice 相似。

"学校也真是无情欸，如果是身体的原因，明明一开始免除考试就好。"

"就是说嘛，你别在意。"

"谢谢你们。"

坂柳和之前的评价迥然不同，她非常有礼、乖巧，完全没有我之前听说的那种攻击性印象。另一方面，与坂柳性格相反的葛城只瞥了她一眼，维持着老实的表情。然而，坂柳这名学生释放的强烈存在感，不只是拐杖或椅子的关系。对什么都不知情的池他们来说，这看起来应该只是A班、D班分开坐，但就我看来却一目了然。A班学生们是分开坐的，葛城和坂柳之间很明显就像是划了条分界线。这是A班里的派系象征。

一开始葛城阵营感觉与坂柳势均力敌，或是占有优势，可是如今已发生明显的变化。因为虽然包含弥彦在内的数名学生跟着葛城，但剩下的学生几乎全都跟随了坂柳阵营。这甚至让人觉得她就像是在炫耀自己的势力一样。

无人岛考试、船上考试，坂柳都没有参加。虽然没有明白说出来，但A班也非常可能受到没参加船上考试的惩罚。换句话说，尽管没留下个人成果，她也创造出了增加伙伴的机会。

这应该不是因为她外表有多可爱吧。也就是说，坂柳恐怕在我们不知道的地方顺利累积实绩、获得了信任。

况且，葛城本身的失策应该也有不少影响。

虽然其他班的种种内情都与我无关，但葛城基本上会采取稳健的战略，不像是会重复简单失误的类型，他的失策会和这名少女有关吗？

总之，坂柳只替自己的能力不足致歉，之后没有要插嘴的意思，只是在一旁观察葛城或平田他们的行动、态度。

应该是我想得太多。说不定她只是因为知道在体育祭上自己派不上用场，才表现得很安分。不过我现在再怎么思考也不会得出什么答案。

不知道葛城有没有察觉到她的视线，他和平田继续对话，确认了彼此的方针。

"对了，关于与你们的合作关系，我认为维持在不要互相干扰的程度就没问题。这样你们不介意吧？"

"也就是说，不要深入讨论参加的项目吗？"

"对，贸然公布的话也可能变成不必要的导火线。万一消息走漏给 C 班或 B 班，我们就会怀疑 D 班，这必然会影响合作关系。再说，分析并参考原本应该是伙伴的 D 班战力也只是徒增麻烦。我们要彻底对等地互助、对等地比赛。我判断这才稳当。"

"……或许没错呢。我自认很清楚在这所学校难以建立信赖关系，葛城同学。而且，虽然我们作为小组是伙伴，但要彼此竞争这点也是不变的呢。"

"这样可以吗？"平田和同学们确认。没有反对声音。

哪个班都无法突然信任对方，并且暴露出自己的一切。

既然那样，保持适当距离比较说得过去。

堀北也接受这点，没有插话。

"话虽如此，但团体比赛中也有需要事先商讨的项目。关于这点，我想之后再次进行同样的讨论，你不介意吧？"

"嗯，我同意。我也会和大家商量看看。"

"麻烦你了。"

两人的对话不废话，切题且快速，顺利达成协议。

"绫小路同学，你认为有什么方法能在这场特别考试中取胜？"

另一方面，关于体育祭，堀北则打算以自己的方式指出方针。

"这次是体育祭，学校只是在考验运动神经而已……难道你不这么想吗？"

"基本上就是那样，我也是理解成按运动能力竞争的考试。如果要说除运动神经之外还会影响结果的，应该就是运气了吧。"

"运气啊。"

这不像是她会说的话，但或许确实也有那一方面的因素。

"这次不同于期中考或期末考，体育祭的竞争对手是随机的。这点影响非常大。"

事实上，体育祭的结果受编组影响。就算堀北通常可以战胜八成对手，但要是她抽中剩下的两成强敌，就会输掉比赛。反过来说，即使是只有一成希望获胜的运动白痴，如果碰上更差的运动白痴，说不定就会获胜。

"但我追求的不是那种不确定要素，是某种可靠的办法——那种既拥有优异的运动神经，也不会只得靠运气的办法。现在我意识到无人岛和船上特别考试有无限可能性，所以这次也一定……"

这是因为她至今严重失误吗？我看得出来现在的堀北对胜利的渴望更加强烈。

"欸，你认为这次和无人岛或船上的考试大有不同的是什么？"

"……不同？我认为同样都是特别考试呢。"

"我不否定确实相似，但校方绝对不会承认它们相同吧。"

"我不明白。这是因为我们和A班有合作关系吗？但船上也举行了让我们与其他班组队的团体赛……"

"不是这样，说起来大前提就不一样。"

　　堀北对于我一点一点透漏的说话方式表示焦躁，但我还是说出了自己发现的事。

　　"关于这一场体育祭，校方并没有说是'特别考试'。虽然我们一年级自作主张地这么说，但包含茶柱老师在内，其他老师也全都只说是体育祭。三年级的藤卷也是这样。发下的资料也没有'特别考试'的字样。"

　　与其说堀北没发现，不如说她好像对此没什么特别想法。

　　"就算是这样，那又怎么了吗？点数增减、机制都和特别考试几乎相同。"

　　"的确。内容上没差异，可是本质并不相同。例如，虽然定期举行的笔试可以使出买卖分数等等的小花招，但原则上还是相当考验我们的实力。就和笔试一样，我们应该把这场体育祭视为基本上也是在考验体力或判断力。就算使出笨拙的小花招，对大局也没影响。不，学校设定成无法使小手段。我认为应该把这次的体育祭想得简单点。"

　　当然，小动作不是没办法做，也不是没有做的意义。

　　然而，体育祭要是开始的话，实质上就不可能改变大局吧。

　　这就像是——就算笔试前后有手段可使，考试中办得到的事也是很有限的。

"这次体育祭的要点，就是正式比赛前好好准备，然后在正式比赛上留下结果，仅只如此。"

"我想说的就是正式赛前的那些准备，我想让D班有把握地取胜。"

"不对耶，你想做的不是准备，是寻找战略或者钻漏洞。"

"我不太清楚……其中的差异。"

"所谓的准备，就好比参赛顺序，或是掌握其他班某人的运动神经好坏，看清对手会以什么顺序出场，以及不流出己方消息，诸如此类。战略、钻漏洞则指比赛前让某人缺席，或让人中途退赛。总之，你应该是想要强力的一击吧？"

堀北至今都是以正面进攻法战斗，接着一路败北。她会这么想也是很自然的。

为了不让对手在体育祭上抢先而想使出手段，是很普通的事情。

话虽如此，如果可以轻易出手，那谁都不用辛苦。

"意思就是说，我们必须以正面进攻来比赛取胜？"

不管堀北接下来选择的答案是哪一个，我都打算不予肯定或否定。

这是因为取胜战略不止一种，通常都是表里一体。

无论是无人岛、船上考试，还是体育祭，皆是如此。

既可以通过"正面进攻"取胜，也可以通过"钻漏洞"取胜。

总之，选择适合那个人的战斗方式是很重要的。

这家伙现在还不属于表或里，正处于要选择哪一方的阶段。

如果把葛城、一之濑说成是表，我、龙园说成是里，这家伙会选择哪边呢？

我了解堀北目前被"阴招"打败，并想转向那方的心情。

话虽如此，但正因为这次体育祭上很难使出"阴招"，我才会如此忠告。

"要怎么想就看你。堀北，你认为现在 D 班拥有的优势是什么？"

"……多亏 B 班和 C 班发生争执，我们现在可能处于有利的情况，是这样吗？"

我一瞬间也想过要随便听听，但还是改变了想法。

堀北铃音一路孤独走来，视野相对狭隘。

"你为了取胜而打算增长见识，可是你的眼光还是很短浅吧？"

"你是在说，我小看了拒绝和 B 班联手的龙园同学吗？因为他拒绝合作，所以我认为这毫无疑问是乐观要素。"

"你真的这么想？"

"……之后龙园同学和一之濑同学和解、合作，就可能性来说也是有的。一之濑同学应该也不喜欢龙园同学，但如果是为了赢的话，她大概会舍弃喜恶和他合作吧。可是，现阶段不能高兴吗？"

"我就是指你在这点上眼光短浅呢。"

"这说法真让人不高兴呢，那你又看见了什么？"

"你觉得龙园是个什么样的人？那家伙不会放弃对于取胜的思考。嘴上随便说说，但他总是会策划取胜战略，再采取行动。然而，他现在突然拒绝与 B 班联手，又是为什么呢？你认为他真的什么想法都没有就放弃合作吗？"

"拒绝的理由？像是 B 班和 C 班早已在背地里合作？"

"最重要的不是他和 B 班的关系如何。也就是说，他已经想到取胜战略的可能性很高。若非如此，放弃讨论就不会有好处。因为再怎么样，和 B 班讨论理应会有所收获。"

"我认为这个的可能性很低呢。"

"如果发生地震或火灾的可能性很低，就不必以备万一了吗？你好像不懂事先为紧急状况做准备，是很基本且重要的。"

"那是……"

假如不会发生不测是最好，但要是从最初放弃做准备，要应对紧急状况就会为时已晚。

"起码我认为龙园目前有一种以上的取胜策略。"

"但是……若是这样就很反常。我们才刚得知体育祭的事，哪谈得上什么取胜……"

"所以你有必要理解那份异常。何谓正面进攻？所谓钻漏洞有什么是可以考虑的？以及有什么方法'防患未然'？要不要试着拼命绞尽脑汁思考这些事呢？为了升上 A 班，这种事就是必要的吧？"

如果可以往龙园现在是否获得取胜策略上想，就自然而然地可以锁定答案。

当然，像是从须藤的打架事件到船上的考试——那是看穿了龙园的这些战略或者思路才明白的事情。现在的堀北还看不出来吗？

"算了，你就试着各种挣扎吧。我会先做好足以为你的失态擦屁股的准备。"

"你可不可以别擅自以我会失败当作前提？"

我有点好奇现在的堀北究竟能想到哪一步。

3

即使那天课程结束，我也继续独自留在教室。

窗外传来同学们社团活动的声音。虽然体育祭将至，大家也各自有事情要忙，不吝于每日的锻炼。

我把耳机接到手机上，打开刚才收到的文件，确认状况。

"原来如此啊……"

这样我就了解大概情况了。

我本来在想如果必要的话，还得动几个手脚，但好像不需要了。

了解情况进行得极为顺利，我便决定回宿舍。

"你居然留到这么晚啊，绫小路。"

我在通往正门的半路上碰见拿着水管洒水的茶柱老师。

"或许是这样吧。您是值日生吗？"

"差不多。准确地说，只有这一带是我管辖的。"

她这么说完，就以熟练的动作继续洒水。

"社会人士和小孩不同，都很忙碌，尤其是体育祭近在眼前的这个时期呢。你今天怎么了？我还是头一次看见你放学后独自闲晃。"

"有点小题大做了吧。"

"针对体育祭做的准备都已经万全了吗？"

"我觉得您在最近的班会已经大致了解了，不对吗？"

关于平田、堀北，包含须藤在内的方针或作战方案，应该都已经传到了茶柱老师耳里。

"我在想如果是你的话，会不会策划什么奇特的点子或作战方案呢。"

"我可什么也没策划。"

"什么也没策划？我想你应该很清楚……"

茶柱老师这么说道，打算提起那件事，但一看见我的眼神就作罢了。

在这种地方说多余的话，谁也不会得到好处。

"我没忘记老师您之前说过的话，但要怎么做是我的自由吧。"

"确实如你所说。我不应该做多余的干涉，但现在不是悠哉的时候。要是没理由袒护你，我就会放弃你。毕竟这份工作也不是简单到区区一名老师就可以扛住压力呢。如果你没表现出值得让我袒护你的成绩，我可是很伤脑筋。"

那种擅自的期待可不关我的事。我对于日渐受侵蚀的日常生活感到焦躁，决定离开。如果这个老师不提多余的事，照理我可以不必被卷进麻烦的情况。

不……这说不定只是迟早的问题。

"我先走了。"

"嗯，路上小心。"

我在老师的担心之下走过这段仅数百米的归途，回到了宿舍。

D班的方针

我们开始针对一个月后举行的体育祭进行正式准备。学校通知每周一次两小时的班会可以自由使用，如何运用交给班级判断。

针对正式比赛，一开始必须先决定的两件事情——要如何决定全体参加竞赛项目的出场顺序，以及推荐比赛的几个项目派谁出场。

这两件事，将带来重大影响，是很显而易见的吧。

班级领袖般的存在——平田，在此比任何人都率先展开行动。茶柱老师不发一语，像在空出讲台似的移往教室最后方。她大概打算观望我们的行动吧。

"我们要开始针对体育祭采取行动，但我觉得在开始练习之前，有几件事情要决定好。我认为重要的是参赛顺序，及推荐比赛的人选。"

"但我们是要怎么定啊？"

就须藤立场看来，我们将开始进行令他不太愉快的讨论。

"嗯，比如全体参赛的情况……"

与其口头说明，平田好像为了让大家更好理解，而紧握着粉笔，开始在黑板上记录文字。这让人觉得他是个可靠的男人。

黑板写着"举手"和"能力"两项。平田一边说明，一边往下写。

"虽然很简略，但我认为基本上就是通过这两种方式来决定。逐一询问每项比赛参赛意愿的举手制，以及鉴别学生的能力，谋求效率化的能力制。我认为各有优缺点。举手制的优点，当然就是因为会实现各自的参赛意愿，所以可以开心地参加呢。缺点就是如果参赛意愿重叠，就会无法按照各人所想，不确定的因素也会增加吧。"

如果采用可以让大家自由参赛的方式，就一定会变成那样吧。

然而，那可以大幅降低大家的心理障碍。

"接着是能力制。它非常简单，把能力强的人安排去最佳的配置。优点就是比举手制的获胜概率高，但这样会只偏重于强者，其他人的获胜概率就会降低，而且无视大家的想法也令人担忧。基本上，我想推荐比赛也可以说是同理。我粗略思考过了，如果有这两种以外的点子，我很欢迎各位提出意见。"

平田大致做完了说明。无法理解口头讲解的学生们，也因为平田在黑板上写了详细内容，渐渐了解了各种方式的好坏。大部分学生的想法，应该都符合平田提出的那两个方案。没出现什么新方案。

"怎么想都应该依能力决定吧。我自己最清楚自己了。"

须藤完全不打算选择能力以外的选项，于是这么断言。

"要是我赢的话，班上获胜的可能性也会有所提升，这么一来，大家都会举双手欢呼。"

虽然他的说法杂乱无章，却也有一番道理。

因为要在体育祭上获胜，以最大限度活用须藤优异的体育能力，将会是不可或缺的要素。

"哎……虽然让人很不爽，但或许就是这样呢。"

须藤的话绝不是不合情理，女生对此赞同似的嘟哝道。

男生就像是在附和那些话一样，也开始出现推荐须藤的声音。

"我不太擅长运动。全体参加竞赛就不说了，如果须藤愿意一手包办推荐竞赛，赞成也是可以的。"

对幸村这种擅长学习的学生来说，体育性质活动是他不擅长的领域。

"那就这么决定了吧，我会参加所有的推荐竞赛。"

须藤斩钉截铁地说道。学生们对此表示赞成。他一口气拉拢了不擅长运动以及把班级胜利摆在最优先位置的学生。

"假如大家觉得那个方针好，关于推荐比赛就以这个方向……"

"等一下。"

正当提案要通过之时……

"我有补充建议。"

平时维持缄默的堀北这么说道。

班上多数学生也对这出乎意料的发言人集中了注意力。

"如果要在两个提案之中做选择，就像须藤同学所说，我们应该选择能力制。这个我没有异议，但如果只有那样，也无法保证我们一定能够赢得了其他班。"

"当然是这样。"

"既然如此，应该让班上运动神经好的优先参加喜好的推荐比赛就自然不用说，全体参加的竞赛同样也要以能取胜的最佳组合参赛，才能最大限度发挥出潜能。简单来说，跑得快的应该和跑得慢的组队。"

总之，就是如果是脚程快的平田和须藤，就要调整不让这两人凑成一组。那在取胜上当然也是其中一种选项。

然而，那也同时是完全舍弃弱者的无情选择。

"等一下。那种作战代表会降低我们获胜的可能性，对吧？"

名为筱原的女学生最先反驳道。

无论如何都要取得靠前的名次，就必须让弱小的对手碰上强者。

反之亦然，因此弱小的学生获胜的可能性就会变得极低。

"我不能接受。如果因为不擅长运动，就要让我和厉害的人决胜负，那我就绝对赢不了。第三名以内都有特殊优待，所以我不想放弃那个可能性。"

"没办法，那是为了班级。"

"我知道那是为了班级……但我也不想失去个人点数。"

"班级如果能胜利，就会有相对的巨大回报。你对这点感到不满吗？"

"班级得奖可以获得的考试成绩确实很重要。但要我放弃不是很不公平吗？"

"我了解你的心情，但这也很可笑呢。只要你平时就好好学习，打从一开始就可以不必依赖那种特别优待的分数。再说，假如你有拿到前三名的可能性，就算不得奖也没问题吧。那原本就不是凭你的运动能力就能轻易获奖的简单比赛吧？"

两方都各执己见，互不退让。尤其堀北活用逻辑优势，强硬地严加指责。

"不是谁都像你一样脑筋聪明，别把我和你混为一谈。"

"读书是每天的累积，希望你别在这点上面找借口。"

"就是说嘛。"支持堀北的声音响遍教室。

　　堀北追求效率的意见，博得了以须藤为首的运动神经优异的学生、想爬上Ａ班的学生及不擅运动学生的好感。

　　筱原有点不甘心，但也快要失去斗志。恐怕也有学生像筱原那样认为自己可以滑垒进入前三名吧。如果被安排和须藤那些厉害的学生在一起比赛，或是在骑马打仗、两人三脚上和运动白痴组队的话，远离颁奖台也是事实。

　　"适可而止吧，筱原。你要是害我们输掉，你负得起责任吗？啊？"

　　"这……唔……"

　　运动神经好的人会在体育祭上独占舞台。

　　在学习上被视为最没用的须藤，却在此发出了强烈光芒，掌握着主导权。

　　堀北和须藤提倡的能力至上方案很可靠，不会轻易瓦解。

　　筱原已经没体力反击。讨论急速进入最后阶段。

　　"和脑筋差的人说话真麻烦……你简直就像对现在的情况不感兴趣呢，如果有闲工夫悠哉玩手机，要不要来想想取胜的办法？"

　　"交给你和平田就可以了吧。"

　　我关掉手机画面，把它收到口袋里。

　　讨论已达成协议，正当我这么想的时候……

"啊……我可以说句话吗？我可是反对的。就像筱原说的那样，为什么其他学生就要放弃获得点数的机会？这样班级真的可以团结一致战斗吗？"

轻井泽这么说，拥护筱原似的瞪着堀北。

"团结一致就是这么回事，你懂吗？"

"我完全不懂，不太清楚呢。欸，栉田同学，你怎么想？"

轻井泽向"难得"安静观望情况的栉田搭话。

栉田有点吃惊，但她还是立刻沉思，做出发言。

"你们的心情我都明白。我和堀北同学一样希望班级获胜，但也像筱原同学说的，我也想留下所有人都可以获胜的可能性。"

她继续说下去：

"如果有解决方案，选择综合两者意见的形式，就会是最理想的呢。像是拿下第一名的人，和拿下最后一名的人都能同意的方案。"

她答完，班级里就传出许多赞同声。

堀北应该已经设想到类似的发言，立刻回击：

"我当然思考过双方都接受的方法。就是把拿到靠前名次、感觉不需要考试分数的学生获得的个人点数，和最后一名学生失去的点数相抵。全班分摊点数增减。这样你应该就没话说了吧？"

这计划降低获胜可能，但弥补了输掉时的风险。这样的话，反对派应该也会产生一定的认同感。话虽如此，但年级综合成绩倒数的十名学生就不太幸运了。

"嗯，这样就可以了吧。你们再怎么偷懒也不会有损失。"

"一群没出息的家伙。"须藤嗤之以鼻地说。

"但那只有点数而已吧？这样不是会减少获奖可能性吗？大家怎么看？"

轻井泽依旧提出异议。

接着向属于轻井泽派的女生们搭话。

"……如果轻井泽同学反对，那我也就反对吧。"

以团体立场跟随轻井泽的女生们开始接连揭起反旗。

"你们是笨蛋吗？因为她反对，所以你们也反对？一点也不具逻辑性。这是考试，拟定能有效率获胜的战略是理所当然。其他班绝对不会有像你们这样的愚者。"

"你怎么知道？实际上我就是不愿意，而且也有其他女生同样不愿意，所以你也考虑一下那些人嘛。如果无法公平决定比赛顺序和人选的话，我是不会同意的。"

轻井泽统筹女生，发言深具影响力，打乱了班级朝堀北提倡的把班级胜利放首位的计划。

"两位冷静点。意见无法统一的话，只能采取少数服从多数的方法。"

发展成这种事态应该也是必然。平田打算改善胶着状态，于是开口道：

"我认为应该采用公平投票表决的方式解决。"

"既然洋介同学这么说的话，我赞成……"

"……嗯，就我的立场而言，我也认为现在不是班上起纠纷的时候。总之我提出了异议，期待你们做出正确的判断。"

堀北一脸不满地坐下，瞪向我这边。

"绫小路同学，你能不能让她闭嘴？"

"我怎么可能让她闭嘴。"

"你不是与轻井泽同学有过接触吗？她不是因此才得意忘形的吗？"

"不，轻井泽本来就是那种人吧？"

"的确。"堀北好像也同意这点，于是轻声说道。

然而，对于无理取闹的轻井泽和因为她而改变意见的女生，堀北无法掩饰心中焦躁。

"那么，堀北同学的'彻底重视能力'主张，以及轻井泽同学的'也可以酌情采纳个人意愿'的主张，就举手表决吧？如果难以决定，我们也接受弃权。"

堀北的方案是为班级获胜，只优待运动神经好的人。

轻井泽的方案是尊重个人意愿，照顾所有人。

偏向哪一方，可能会为班级前途及考试带来影响。

不过，我对这种事情一点兴趣也没有……

"那么，赞成堀北提案的人请举手。"

"嗯，我当然赞成堀北的提案。理由很单纯，就是为了胜利。让运动神经好的家伙多出场、多赢比赛，这样不就好了吗？"

须藤率先举起手。幸村和佐仓等对运动神经没自信的学生附和似的也表示赞同。另一方面，虽然敌不过运动神经好的人，但运动还算是可以的学生，或者是轻井泽小组都没举起手。

"总共十六票呢。谢谢，可以把手放下了。"

要把人数理解成多或少，应该就要视有多少人弃权而定。

"欸，绫小路同学。你不会要赞成轻井泽同学的提议吧？"

堀北发现我没举手，因而不满地说道。

"放心吧。我是避事主义者，所以打算弃权。"

"……既然这样，你也应该同意我的提议吧？"

"你的提议未必就是正确的吧？"

"我不能理解呢。从概率上而言，选择班级获胜的选项，最后可以得到的个人点数也比较多。就算在一个个小比赛上获胜，能拿到的点数也是小数目。你若说这是错的，我还真希望你可以告诉我理由呢。"

"我没说那是错的吧？我只是在说答案不止一个。"

为击溃强敌而被编排的"炮灰学生"将得不到任何点数，就这么眼睁睁地看着体育祭结束。算了，这件事堀北也很清楚吧。她不过是把那些人当作是为了往上爬而所做的必要牺牲。

"也就是说，其他学生并不像你一样，目光着眼于未来。"

"那么，接下来是轻井泽同学的方案。认为该赢时就要赢，该开心时就要开心比较好的，请你们举起手。"

轻井泽那团以外的学生也零星举起手来。虽然只有几票。不过，因为轻井泽举起手，女生纷纷赞同地跟随了她的脚步。

然而……

"……多数表决的结果……堀北同学的方案是十六票，轻井泽同学的方案是十三票。剩下的人选择弃权，这样的结果可以吗？"

没有人提出异议，于是就这么结束了。轻井泽拉拢的大部分选票，与其说是同学针对内容投出的一票，倒不如说都是从她的支持者那里得来。轻井泽之所以输不是因为大家对她信赖度低，纯粹是因为大家都清楚堀北的方案才实际且有效率吧。

D班决定要为班级获胜而行动，而不是为了个人。

"……"

既然轻井泽也赞成多数表决，她也就不会在此表露不满。

"就这么决定了，轻井泽同学。那么，平田同学，之后就交给你了。"

换个角度想，轻井泽也是不得不以这个草案为基础选择取胜方式。

当然，我也不觉得班级选了不好的选项。说起来，运动神经差的，本来就不会率先主动说出自己的参加意愿。

推荐名额必然会集中在如须藤或平田那些运动神经好的家伙身上吧。

"那么，有关推荐比赛的出场数目……"

"我要参加所有比赛，假如有人反对，我随时接受直接对决。"

须藤强力宣言，说出他打从一开始就没改变的方针。

而且，他好像打算制伏所有心怀不满的学生。虽然发言过于强势，但似乎效果很好，没有人提出不满。

这原本就是要集中运动神经好的学生，所以须藤是第一候选人就犹如默认事项一样。

"我也会尽量多参加一点比赛。"

自报姓名的果然是堀北。轻井泽僵住了表情，与附近女生讲起悄悄话。她是在说些什么坏话吗？

接着，我们同时进行自荐、推荐，一个接一个决定了参赛者。

然而，所有比赛人选没那么简单就全部决定，我们大约只确定了所有比赛人选的三分之一。所有比赛都有如宣言说要全部参加的须藤，大部分比赛则以堀北、平田为始，还有像是栉田或小野寺等运动神经优异的学生们。剩下的名额仍然是空白的。

"喂，高圆寺。你不打算参加吗？"

须藤瞪着从这场讨论开始就不发一语的男生，同时问道。那是因为须藤认同他拥有与自己同等，或高于自己的潜能。

假如高圆寺认真参赛，起码在个人比赛上能占据前面的排名。

"你刚才也没举手，对吧？"

"我没兴趣，你们随意吧。"

"你别开玩笑。"

"我没在开玩笑，我没理由被你强迫。不过，就算你有权力强迫我，我也不打算接受呢。"

换句话说，不管怎么样，高圆寺都不打算改变自己的想法。

"我们还不必在此决定一切哟，须藤同学。高圆寺同学应该也有擅长和不擅长的事情，强迫他参赛未必就是正确的哟。"

平田一面替高圆寺圆场，一面催促须藤冷静下来。

"至少今天的讨论已经决定了班级方针和个人想参加比赛的意愿。之后再好好决定其他事项就可以了吧。"

讨论因为这项发言结束了。

然而，说不定有一部分学生会觉得这讨论令人难以理解。

他们说不定会纳闷为什么轻井泽会不断反对堀北的提案呢？她本身的运动能力也算可以。照理来说，堀北的所有人同甘共苦并取胜的计划绝不是坏点子。但有几个人察觉到这点，就不得而知了。

1

一放学，我就抽空把刚写好的邮件寄给某人，接着立刻对打算回宿舍的轻井泽使眼色。不，那并不是使眼色那种我绝对做不到的事。

我只是想找时机偷看她，但却偶然被她察觉。

然而，轻井泽当然没理解我的意图，她和两个女性朋友出了教室。不直接说的话，她果然也不可能会懂吧。

我拿起书包，一如往常独自做完回家准备，在轻井泽走了大约一分钟之后出了教室。

"欸。"

在我正要下楼梯，走向玄关之时，被不知为何独自一人的轻井泽叫住。

"你不是回去了吗？"

"我本来是想回去，但觉得你有话要说，于是就在这儿等你。不是这样吗?"

我不禁感到吃惊。

"算是吧。"

"算了,我也有话想说。可以让我先提问吗?"

"请说。"我催促道。

"关于你发给我的邮件,我想先问问它的真正用意。"

她说完就打开手机,让我看邮件。

不管以什么理由,一定要去反驳堀北的意见。届时询求栉田的意见。

那是我在课堂上对轻井泽下的指示。

"以即兴发挥来说,你带节奏的方式很不错呢。亏你可以在那种状况下反驳。"

"就是说啊。要让我选的话,我一定会赞成堀北同学的意见。而且,我也不太懂你为什么要我抛话给栉田同学。所以,你的那些指示是什么意思?"

"你要是在意我做的每件事的意义,那可会没完没了。再说,就算你问我,我也未必就会回答你。你了解那代表着什么吗?"

"代表着要我不问理由、乖乖服从指示。我知道了啦。"

"就是这样。"

轻井泽很明事理,没继续追问。

"虽然你刚才没有举手，不过你认为哪方才是正确的？这你应该可以告诉我吧。"

"我只能说两者都正确。选择'班级'还是'个人'，主要是个人选择呢。"

"那应该不成回答吧？结果你还是没回答你怎么想。"

"很不巧，我没有'一定要选择哪方'的那种思考方式。"

"……什么意思嘛，我不太懂。你想做什么呀？你的目的纯粹是要让班上混乱吗？还是说，你真的觉得D班可以升上 A 班？"

"至少堀北是这么坚信的吧。"

"我不是这个意思。"轻井泽一边叹气，一边瞪了过来。

"我要问的不是堀北同学的想法，你差不多也该告诉我你的目的了吧。"

"我想想。我现在能告诉你的就是我对升上 A 班没兴趣。我只是开始觉得，让 D 班升上 A 班也不是件坏事。"

"什么意思嘛，我觉得没什么区别，而且你到底有多高高在上啊。"

我既不想得罪茶柱老师，又不想抛头露面。因此在背后操纵的行事方式比较适合我。

"现在就算我说了你也不会相信，而且我也无从证明。所以，我会事先布下几个为了让你相信的线索。这次的体育祭上D班会出现叛徒，然后那家伙应该会把D班的内部信息全都泄漏给外人。"

"欸……什么？你是认真的吗？"

"时候到了，你应该也会相信我。"

"你就告诉我具体是怎么回事嘛。"

"现在说了也是白说。不过，如果时候到了，我就会说出一切。你赶紧走吧，这里太引人注目了。"

"不用你说，我也会走的。要是被人看见我和你这种阴沉的人待在一起，我可是会贬值的。不过……万一出现叛徒，应该也会没事吧。"

"嗯，为此我已经布好了局。"

说完，我就亮出手机给她看。不过轻井泽也不明白那是什么意思吧。

轻井泽露出了不服气的表情，但还是下了楼梯。我目送她，接着叹了口气。D班的方针大致上已固定，而我所构想的作战方案也是。

哎呀，身为伙伴的A班会构思怎样的作战方案呢？

考虑到葛城的性格，他大概会采取稳健的战略吧……

坂柳的存在不用说对白组，对D班而言也是很有利的。

　　比如，假设有个逃生装置只能救一人，陷入绝境的只有健全人士与残障者两人。在那个状况下，健全人士没必要对残障者说"你身体不方便，所以请你使用"并让出逃生装置。因为对方是无法抵抗的残障者，所以只要上前殴打对方，把装置抢过来就好。人类都是利己主义者。我们会称此为紧急避难，排除掉其违法性。

　　因为在那种状况下既没有公平，也没有不公平。

　　就算坂柳不能参赛，对手也完全不必放水。

　　"话说回来……"

　　正因轻井泽拥有很沉重的过去，所以她比我想象中更擅长揣测人的情感。

　　对于意想不到的收获，我心里深感满足，决定回宿舍。

2

　　体育祭之前，除了要决定参赛者，其他要做的事情也是堆积如山。

　　大部分时间都为了体育祭顺利进行而做准备。我们反复进行练习，像是班级列队进场，比赛进场、退场。体育课上，多半都是自由活动，准许学生投身于想练习的项目。

　　"我借来喽。"

　　第二天的体育课，平田向学校申请了握力测量器。

采用堀北的，以能力优先，集中运动神经好的学生的作战方案。虽然方法很简单，但应该会充分发挥作用。

尤其男生参加的比赛里，有不少项目纯粹需要靠力气。

"我们依序来测量惯用手的握力。各位只要口头告诉我测出的结果就行，我会记录下来。我借来了两台，请各位有效率地测量，别浪费时间哟。"

他这么说完，就打算把测量器递给站在自己左右两侧的本堂和幸村。

他应该是要顺时针、逆时针同时依序测量下去吧。

然而，对此感到不满的须藤，强行夺走了测量器。

"就由我开始，平田。我先测，大家就可以知道最高标准的数值。"

我不明白他的歪理，他明显是想夸耀自己的力量。

"呃……那么，另一台测量器就麻烦从须藤同学隔壁的外村同学开始传吧。"

因为位置被强行变更，所以平田重新开始分配。

"看着哦，绫小路。这就是引领班级走向胜利的男人的力量。"

须藤自信满满地笑着，公开了他身为最有希望获胜者的实力。

"唔！"

须藤充满气势，颤抖着肩膀，同时右手紧握着测量器。电子数值不断往上升，眨眼就超过了五十，升至六十、七十。

最后显示的，是八十二点四公斤。周围瞬间变得闹哄哄。

"这也太扯了吧！"

"嘿，因为我平时就在锻炼。这是当然。喂，你也来测啦，高圆寺。"

他就像在挑衅一般炫耀自己的数值，同时打算把它递给高圆寺。

"我没兴趣，你们就无视我吧。"

高圆寺打磨着指甲，"呼"地吹着指尖。

"你怕输给我吗？算了，看见我的数字会害怕也能理解。"

须藤挑衅道，但高圆寺好像完全不打算回应，连看都不看。

"啧……喂，绫小路。"

因为我在须藤旁边，他便强行把握力测量器塞给了我。

"不，我之后再测就好。"

"什么？别连你都给我开玩笑，照顺序测。"

虽然我很不想被强走别人测量器的须藤这么说，但如果照理进行，下一个确实是轮到了我。

　　但真没想到我居然会是第二个测的……我非常了解须藤八十二点四公斤的数值算很高，不过高一学生平均会是多少呢。

　　过去我握过好几百、好几千次测量器，可是我没听说过同龄人的平均数值。因为我都只专心记录自己的数值呢。

　　"欸，须藤。高中生平均大概多少啊？"

　　"啊？不知道啦，六十左右吧？"

　　"六十啊……"

　　我握下握力测量器，把屏幕那侧对着自己。握力强度与手臂粗度不成正比。当然不是不相关，但重要的是在下臂的肱桡肌、桡侧腕屈肌的肌束。就构造上来说，我们的下臂肌肉会收缩，拉动肌腱弯曲手指，因此通过锻炼那些肌束，便可提升握力。换句话说，只要有一定的肌肉量，再加上一定的训练，要超越一百公斤也是有可能的。

　　我缓缓出力，握了下去，在超过四十四附近开始进行微调。超越五十五之后，我又更进一步调整，在稍微超过六十的地方停住了。

　　"……不行，我没办法继续了。"

　　我说完，就放开测量器，把它交给了池。

　　接着走向平田。

　　"六十点六。"

我淡然地汇报。

"咦……绫小路同学，你挺有力气的呀。"

平田往我这里回头，佩服地露出笑容。

"咦？我不过是平均值吧。"

"平均值应该更低吧。我觉得平均值大概是四十五，最多五十吧。"

"平田，我是四十二点六。你额外送我一些，算我五十嘛……"

池过来报告。这可不是四舍五入的要求。

平田一边苦笑，一边在笔记本上精准记上了四十二点六。外村是四十二，下一名前来的宫本则是四十八，确实有很多人都低于五十。

"这样啊……原来六十偏高啊……"

看来我不应该向须藤确认平均值。那家伙也不可能知道这种小事吧。

我本来想取中间值，避免参加比赛，看来还是失算了。

这样下去，说不定我会必须参加部分推荐比赛。

到头来，除了高圆寺，我在班上成了第二名。真是失策。接下来第三名是平田，五十七点九。这个全能的男生，在此果然也取得了不俗的成绩。

另一方面，打算在体育祭上引领所有人的须藤，对于没出息的同学掩饰不住气馁的情绪。

"我们班真靠不住……除了我以外简直都是垃圾。第二名竟然是绫小路,这跟完蛋没什么两样。"

就算是事实,能在当事人面前说出这点,也是须藤的厉害之处。

男生全体测量完毕后,把测量器传给了女生。女生和男生一样,有需要靠力气的比赛,所以这也是当然的吧。

平田以统计结果为基础,填下推荐比赛的名额,在笔记本上做整理。

"拔河、四方拔河,按测量器数值的顺序就可以了吧。须藤同学、绫小路同学、三宅同学,还有我。"

"欸,那个四方拔河是什么啊?我可没听说过。"

"我原本也不知道,所以特地调查过了。它就如字面那样,是在四个方位互相拔河。是每个班级选出四人,共计十六人同时互相拔河的比赛呢。"

它不同于只凭力气拉就好的拔河,策略似乎很重要。

平田把四方拔河的参赛者记入笔记本。

"欸……平田,我们已经没机会了吗?"

"没这种事哟。例如借物比赛,与其说是考验运动神经,不如说是考验运气。"

"你说运气,那我们要怎么决定啊?"

"Simple is best,猜拳决定就可以了吧?"

　　我觉得这作风不像是认真的平田，不过，这或许出乎意料是个很合理的提案。

　　一生中，运气这种要素也意外地很重要。虽然它是不确定的要素，但人的一生也会受运气影响，有一百八十度改变的可能性。

　　既有才华横溢的人一生也都只是普通职员，也有无能的人飞黄腾达，当上社长。

　　当然，通常都是运气以外的事情才是主要因素。

　　若是决定体育祭借物比赛的参赛者，靠猜拳应该就够了吧。

　　我们分成几个小组，来锁定参赛人选。我当然是不希望参加的人。我一心祈祷自己会输，但还是在第一轮猜拳战中获胜。我接着更强烈地祈祷，挑战了第二轮猜拳（事实上是决赛），但依然漂亮地拿下了胜利。男生三名，女生则选出了两名。我们决定由猜拳胜出的五名学生参赛。

　　"是绫小路同学、幸村同学、外村同学、森同学，及前园同学这五人，对吧？"

　　最后决定是加上须藤的六人参加借物比赛。

　　"呼呼！在、在下被选去参加借物比赛了是也！呼呼！"

　　博士以快要口吐白沫的气势表达心中的绝望。

　　"为什么我会出石头啊……呼呼。"

"哎，不过这点我很赞同……"

这种时候该说是运气好还是不好呢？绝对算是不好吧……

"真羡慕……"

池很羡慕获胜的人们。

人对运气的见解也是各有不同，所以很有趣。哎呀，真的是这样……

我很想说"那我把名额让给你"，但或许会引来批判声，所以我还是作罢了。

此时，尽管错综着各种思绪，参赛者也差不多定下来了。

"完成了。"

决定完所有比赛同学们的出场顺序后，平田就在班上传阅笔记本。

平田看见班上恢复冷静，就松了口气。

然而，这只是暂定的人选，依照今后的练习，或是其他班的情报，应该也会出现大幅变更。

"现在定下的人选信息非常重要，不能被其他班知道，所以能不能请各位只把自己和队友记下来呢？请别用拍照等方式留下纪录。"

平田为保万无一失，考虑得很周到。要是不小心用手机拍下，就有被其他班学生看到的风险。

堀北对沉默不语的我说道：

"你怎么了，绫小路同学？表情还真老实。"

"因为我被迫要参加好几个没打算参加的推荐比赛，心情也会变得沉重啊。"

"没办法呢，这个班擅长运动与不擅长运动的学生差距悬殊。"

"的确。"

经过一番激论，推荐比赛人选已经决定完毕。在男生之中，出场最多的人果然是须藤。他参加了所有的项目，不禁令人担心他的体力。女生以堀北为首，大部分女生参加三个项目。另一方面，我也是不幸重重，要参加两个项目。

当然，这只是暂定人选，因此如果正式比赛前有更加合适的人选，也有可能替换吧。

届时我打算干脆地让出。不，是一定要让出。

各有所思

我们决定下次班会开始，针对正式比赛进行自主练习。

大家在休息时间各自换上运动衫，来到操场。

"唔哇，你们快看。"

池露出明显的厌恶表情盯着校舍。这时，教室有学生露出了脸。

而且还不是一个人，我们看见好几个。

"那是 B 班的学生吧？ 他们这么快就在侦察了啊……"

体育祭结束以前，推算其他班的运动能力，应该也是每个班的必经之路。

"隔壁的 A 班也在看我们欸。"

不分敌我地事先掌握战力不是件坏事。如果在操场这种显眼之处练习，被监视也可以说是理所当然。不过，假如为了在此不被识破实力而放水，会减少针对正式比赛的练习机会。

"他们速度还真快呢。"

换好衣服前来的堀北，也立刻发现其他班好奇的视线。

然而，令人在意的是 C 班。虽然教室里有人的动静，却没任何人看过来。

　　简直就像在说 D 班的情报与自己无关。

　　"你很在意龙园同学吗？"

　　"算是吧，有点在意。"

　　"再怎么说，我也不觉得他没想过要侦察，甚至拒绝和 B 班合作。他应该是没打算认真拟定战略。"

　　堀北说完，就立刻说了句"好啦"，接着看着我的眼睛，继续说下去：

　　"要是没被你提醒，我就会那么想。其他学生也一定会那么想吧。"

　　堀北看着努力练习的 D 班学生，补充道：

　　"你以前说过，龙园同学已经想到了取胜战略。也就是他的战略是可行的，对吗？难道他都不打算侦察其他班的信息吗？"

　　堀北脸上已无之前我在体育馆见过的乐观之情。不如说，明显看得出她正感到困惑。

　　"不管是谁都会想知道其他班的信息。照理来说，应该都会非常想知道谁的运动神经好、谁会出场哪场比赛。他却完全没表现出那种举止。"

　　对，这正是龙园藏着计策的证据。

　　"重点在于——别在知道'龙园正在想策略'的时间点就感到满足。"

　　"……这是什么意思？"

　　"通常人想到作战或是密技时，都会尽量不让对手识破，可是那家伙正大光明地不侦察，甚至也没打算隐藏。"

"像在炫耀般正大光明呢。"

如果能想出那代表什么，同时也就看得出那家伙的思维模式。

关于这点，目前的堀北又看得到什么程度呢？

"我还真想问问你的那个洞察力，或者说观察力，是哪里学来的呢。可惜你又不允许我提这种私人问题。"

这说话方式实在是很挖苦，有堀北的风格。当然，就算她再怎么问，我也是什么都不会说。

"铃音，可以打扰一下吗？"

须藤对思考中的堀北搭话。堀北暂时中断思考，有点焦躁地对须藤说道：

"我一再警告过你，可以别直呼我的名字吗？"

"为什么啊？这么叫会有什么困扰之处吗？"

"困扰可大了，我不想让一点也不亲密的人直呼我的名字。"

她完全不在乎须藤的心情，斩钉截铁地说道：

"如果你执意要用名字来叫我的话，那我也差不多要采取必要的措施了。"

这种表达方式实在让人恐惧。可以的话，我还真不想听见。

须藤应该非常想直呼她的名字，但要是被堀北讨厌，就是赔了夫人又折兵。

然而，须藤好像突然想到什么，而这么说道：

"那么，要是这次体育祭上，D班里我表现最活跃的话……到时候你就允许我叫你的名字吧。"

哦？就须藤来说，这还真是一个卑微保守的愿望。

但即使如此，堀北会不会坦然接受，就不得而知了。

"你要努力是件让人很高兴的事，但为什么我就非得答应呢？"

堀北想都没想过须藤会对自己怀有好感。

须藤打算如何回答呢？

"……入学没多久时，你不是救过我吗？所以，我在想要好好和你成为恋……不对，是先当个朋友。"

"我无法理解呢。不过好吧，假如你表现活跃的话，到时我就允许你用名字称呼我。不过，你别满足于班级内，你要在整个年级里拿第一名给我看。"

堀北这么说着抬到最高门槛。然而，在某种意义上，对须藤来说或许是一剂良药。他完全没表现出畏惧的模样。

"好啊，一言为定。我在年级拿下第一名的话，你就让我叫你的名字。"

"不过，结果出炉前不可以。还有，假如你在年级里没拿到第一名，我就要永远禁止你叫我的名字。你要抱着这份觉悟比赛。"

"好、好的。"

虽然要求很严苛，须藤还是气势满满地点头答道。

只不过，可能性绝对不算很低。就我至今看过的其他班学生，须藤的潜能毫无疑问属于顶级。个人项目上看上去几乎没问题。

唯一感觉能与他抗衡的高圆寺也没干劲，所以他应该没问题吧。

剩下的，就看他在合作的比赛上能取得什么样的成绩了吧。

1

我们在室内简单做完确认，就为了看出真正的资质开始进行练习。也因为平田的方针，他虽然没强迫同学参加，但大家好像都有团结一致的目标，参加率几乎是百分之九十，只有高圆寺和博士等部分同学退出而已。

"哈呜、啊呜、呼……"

刚才一个女生以最后一名抵达终点后，就以快倒下的气势双手撑膝。

"辛苦了，佐仓。你拼命跑完了呢。"

"啊，绫小路同学。哈呼……"

佐仓平时不擅长运动，不属于积极参与这种事情的女生。不过，最近她却认真并积极参加练习，努力想成为班级一分子。

无奈她运动神经不佳，因此并没有留下很好的成绩。

"喂！走喽！"

另一方面，虽然须藤平时表现得很不认真，但现在不管是谁都很难忽略他的存在感。他一开始就在班上狠狠夸下海口，要是没取得好的成绩就太丢脸了。

然而，这也是杞人忧天。须藤好像因为备受瞩目，而发挥出超常能力，以旁人无从望其项背的速度抵达了终点。班上应该没人可以与他交锋。

"不愧是须藤同学。你不管做什么在班上都是第一，真是厉害！"

面对跑完一百米的须藤，栉田稍微跳起，表示敬意。

"嘿，还好啦。话虽如此，但要是那家伙也一起跑的话，就不知道结果如何了。"

须藤一面怒瞪一面回头，他看着的是对练习完全不关心的高圆寺。

"话说回来，我还真没见过高圆寺认真跑步的模样欸……"

他在之前的游泳课上，曾经和须藤认真比过一次。当时他的速度比须藤快。我们可以从此得知高圆寺的潜能很高。

可是，高圆寺只要是自己不想做的事，就完全不会行动。

"哎呀，不过你真的很厉害哟，这次体育祭的领袖就是须藤同学了吧！"

"领袖？我吗？"

须藤有些惊愕地指着自己。

"这点我也赞成。因为体育祭正是擅长运动的学生发挥特长的机会。可以的话，能不能请你当 D 班的领袖呢？"

在一旁做记录的平田，像在同意栉田似的也这么说道。体育祭需要强有力的领导者。虽然平田也很有那种资质，但他好像觉得须藤更适合。

"但我不是当领袖的料……"

须藤平时基本上都是独行侠，或是跟少数人一起行动。他有点犹豫。

他不由自主地把视线投向堀北，寻求她的意见。

"理论上，你不是能指导他人的那种人。就领导者来说，平田同学应该会比较优秀吧。不过，只要看见你刚才跑步的表现或是其他记录，就会知道你是可以在众人注目下绽放光芒的人。要引领班级，恐怕也需要强硬的力量。我不反对你当领袖。"

堀北没予以肯定，但也没有否定。换言之，就是她认可了须藤。堀北并不是迷迷糊糊地参加练习，而是好像在认真观察拥有才能的学生。

"……好吧。这次体育祭，我会带领D班走向胜利。"

须藤被爱情冲昏头了吗？他为了回应堀北的期待，打算接下重任。

"你可别得意忘形。"

堀北对须藤忠告道，接着为了继续练习而走远了。

须藤红着双颊，注视着她的背影，接着轻轻握起拳头。

2

作为领袖须藤马上就开始行动。他隔天就召集学生，开始进行指导。领袖须藤的首日工作，就是传授拔河的诀窍。我在稍远处眺望。

"你们白白浪费太多力气了，而且拉力完全都不强。这样的话，可以赢的比赛都没办法赢了。"

须藤这么说完，好像是打算实践给他们看，而握住偏短的绳子。他对上的是池和山内两人。他打算二对一。虽然两人再怎么样估计也赢得了他，但比赛一开始，须藤便以压倒性的力量把绳子拉了过去。

两人两三下就被须藤打败，坐到地板上。

"看，这就是你们完全没出力的证据。"

"我搞不懂……欸，须藤，这哪有诀窍啊？"

"力量固然重要，但拔河不光要用到手臂的力量，也要使用腰部的力量，使用腰部！"

尽管须藤的语气很没礼貌，但也在认真对同学进行指导。

"欸，须藤同学。待会儿可以帮我们指导一下吗？骑马打仗进行得不太顺利呢。"

"等一下，我马上就过去。"

因为有许多学生不擅长运动，所以有不少人依赖须藤。

没想到女生也向他寻求了意见，老实说我相当惊讶。

"真是出乎意料地认真呢。"

"毕竟他是第一次被周围依赖，领袖性质的职务意外地很适合他。"

被人依赖，没人谁会觉得不愉快。

如果是像须藤那种一路孤独走来的学生，就更是如此了。

"假如他不会'那样'的话，要我夸奖他也是无妨……"

"那样？"正当我打算追问，附近便响起斥责的声音。

"我都说不是那样了！"

须藤踢了操场上的泥土，对池他们扬起沙尘。

"唔哇！呸呸！别这样！"

堀北看见那场景，就叹了口气。须藤的指导方式，的确是个问题呢。

指导者必须好好理解自己和对方的不同。

另一方面，采用温柔的教导方式，则是平时的领袖——平田。他在等待须藤指导的女生身边，针对骑马打仗，仔细检查了站的位置和姿势。

"嗯，我觉得非常好，但你们不会觉得有点不自在吗？"

"的确……肩膀好像也有点痛。"

"稍微改变一下位置吧。我觉得大概只要移动几厘米就行。"

"真的欸，轻松多了。谢谢你，平田同学。"

"帮我们也看一下吧，平田。"

别的骑马打仗小组也向他寻求帮助，平田笑容着应对。

"你要不要也去教女生？"

堀北的运动神经在班上也属于顶尖，有足够的能力去指导。

"我没兴趣。应该也不会有人想跟我学吧。"

她威风凛凛地一口咬定这并不值得骄傲的事，接着独自做起热身运动。

"我为了取得好的成绩已经竭尽全力。倒是你有闲工夫不慌不忙吗？如果你有自信不管和谁比赛都能赢，那倒是没关系。"

"我完全没自信。"

"我想也是呢，毕竟你的成绩总是很平凡，都是跑得既不快也不慢的不起眼成绩。"

"你又知道了。"

"我认为自己算是对同学的实力有所掌握。"

体育课看来也被她好好观察了一番。

"我就姑且问问……你是准备像入学考试那样放水吗？"

"你觉得我会做那种白费力气的事吗？"

"所以是怎么样？"

"抱歉，我要辜负你的期待了，但平时的结果就是我的实力。"

"换句话说，就是不好也不坏。并不能取得靠前的名次对吗？"

"就是这样。"

"既然如此，那你现在必须立刻努力练习呢。"

"如果通过短期练习就能进步，我们就不必辛苦了。就像读书，是无法临时抱佛脚的。"

只有经过每天的累积才会提升身体的能力。

"我认为，着重练习靠技巧的比赛，还是会有所改变。就算只是记住握绳方式、骑马打仗的组合方式，照说也会成为战力。"

"……或许吧。"

她巧妙地以言语说动了打算跷掉练习的我。

没办法，我现在就去必须参加的推荐比赛的练习吧。

"……欸。"

堀北继续和打算前去练习场地的我搭话。

"嗯?"

"决定体育祭成败的是各班体育能力。应该没错吧?"

"这可是体育祭。体育能力就是关键，这是再清楚不过的吧。"

"是啊……但是，那种想法仅限于我自己一人战斗时。若只要追求自己的成败，我有自信可以留下优异的成绩。不过，最近我开始有点搞不清楚了。我在想，只提高自己能力的话，可能无法升到 A 班。"

这种软弱的话不像她会说出口的。这也说明至今考试上的失误，是多么刺激她吧。

"那我问你，要怎么做才能在体育祭上留下成果?才能升上 A 班?"

我反问道，堀北突然说不出话来。

她望了过来，眼神仿佛在诉说——我就是不知道这点才问你。

"我们应该及时行乐吧? 这可是难得的体育祭，忘了考试、好好享受也是一招。"

我像要岔开话题般地说道。

"你不是说好会帮我升上 A 班的吗?"

"我不是在帮吗?"

我像要展示自己身体似的微微张开手。

"我会参加体育祭,那就是帮忙。"

"……你是认真的?"

"你也说过吧,说决定体育祭成败的是体育能力。那是对的。"

"可是……我想说的是除此之外的要素呢。"

换句话说,就是除了体育能力之外,可以左右结果的某种要素。

"那么体育祭当天,你要下药让 C 班或 B 班那些人拉肚子缺席吗? 那样就会取得完全的胜利。"

"你别开玩笑了。"

"你希望我回答的难道不是这个吗? 这次体育祭应该从正面挑战。贸然搞小动作会有反效果,我们应该提升各自的能力,在比赛上制伏对手。"

确实,校方也肯定会考察这点。

"不过,如果要对你的想法硬做补充的话,那就是只有体育能力强也是不够的呢。"

"……也就是说,还需要其他什么吗?"

"你马上就会知道答案。"

　　我把视线投向朝我们这边走过来的人。

　　"堀北同学，两人三脚的练习下一个就轮到我们了哟。"

　　"知道了。"

　　看来与堀北一组的是小野寺。

　　小野寺隶属游泳社，据说是蛮厉害的短距离游泳选手。

　　体育祭里重要的就是各自的能力，以及与同学之间的合作。

　　堀北究竟能不能顺利进行练习呢？

　　堀北和小野寺互相结绳。女生们的小组以实战形式开跑。就综合值来说的话，堀北和小野寺的小组大概是最快的吧。不过结果还未知的。她们绝不算慢，但也不算快，第三个到达终点。

　　顺带一提，最慢的是佐仓和井之头那一对运动白痴。备受期待的堀北、小野寺组合，对彼此都不认可的结果挑战了两三次，时间却没有缩短。

　　"那两个人蛮慢的欸。"

　　正因为备受瞩目，旁观的须藤便意外地说道。

　　"是啊。"

　　两人跑完回来，就立刻解开绳子。

　　"欸，堀北同学，你能再稍微配合我一点吗？"

　　小野寺有些焦躁地说道。

"节奏确实没对上呢。那并不是我的错，而是因为你跑得慢。"

"什……"

"配合跑得快的那方才是理所当然的吧？要我特地慢下来配合你没道理吧。"

也就是说，我担心的事这么快就已经发生了。

小野寺根本不可能轻易配合得了径自想以最快速度前进的堀北。

"我们也来跑吧，绫小路同学。"

"好的。"

我没闲工夫帮助或是嘲笑正与人起纠纷的堀北。我也是第一次跑两人三脚。

"总之，我们先跑跑看，接着再修正不好的地方吧。"

我遵从平田的指示点了点头，互相绑住脚。这比我想象得还不自在，有种被夺去自由的感觉。而且，虽说我们都是男生，但距离靠得太近，我还是有点害羞。

更何况是受女生欢迎的平田。

"那么，要走喽。第一步先试着用彼此绑住的脚走吧。"

我点点头，等待平田的脚移动，然后像在配合他似的迈出步伐。

接着，这次则以相同的节奏，跨出可以自由移动的那只外侧的脚。

"……感觉好突兀。"

"是啊，但我们要不要在跑步期间也配合对方的呼吸呢？"

我配合说完就稍微提升速度的平田往前跑。

虽然说是跑步，但速度也是快步走的程度。

"嗯，对对对，感觉不错。"

虽然这是谁都能配合的速度，但是他的赞美方式让我很容易跑。习惯之后，我发现这出乎意料地简单。只要先好好了解对方的速度，然后对方也能掌握自己的速度，就可以顺畅地迈出下一步。

"不愧是平田同学！好快！"

女生传来高亢的加油声。我们简单地跑一圈回来，便解开了绳子。

"和你一个小组感觉合作地很愉快呢。我们再练习几次，然后在正式比赛上加油吧。"

嗯。他还真爽朗。而且他结束练习后也没休息，而是去给其他学生建议。这就是优秀男人平田的日常吧。

3

九月中旬。距离体育祭开幕已剩不到两个星期。堀北或须藤他们针对正式练习每天都很努力。虽然须藤完全没读书学习，但唯有运动，他却踏实、孜孜不倦地反复练习。因为他平时就在篮球社锻炼，所以非常有毅力。在同学中有人偷懒的情况下，须藤也一直精进自我。

可以做的就要做到最好。

尤其像骑马打仗和拔河这种竞赛，是与对手直接的对决。

胜负也可能因阵形或作战方式而大幅改变吧。

当然，平田也没忘记与 A 班之间的合作关系。他定期与葛城开会，商讨如何在正式比赛上取胜。

对至今经常遭受背叛的 D 班来说，这情况甚至是好到不行。

对以大局为重的我来说，剩下的两项课题也显得很严峻。

其中之一就是今后应该会成为这个班级不可或缺存在的堀北铃音。

堀北在第一天之后换了好几个人挑战两人三脚，但每次都会和对方起争执，并且反复更换自己的伙伴。尽管她最后决定要和配合时间最短的女生一起参加比赛，但凭那成绩还是很靠不住。

她现在也已经不再以搭档形式练习，而是独自默默地消磨时间。

"可以打扰一下吗？"

"干吗？"

好像因为在两人三脚上累积了不少压力，她比平时更带刺。

"我想你最好学着让步会比较好哦。"

我一直都在观察她最近的练习，却丝毫不见改善迹象。明显是碍于堀北那过于强硬的性格。

"……这种话有好几个人和我说过了。"

她好像想起了什么，一面扶额一面说道。

"我只是为了跑出最好的成绩才不容许妥协，那也不行吗？两人三脚不同于一般跑步，即使是脚程慢的人，理论上也应该配合对方。"

"换言之，你不打算退让。"

"对，我不打算配合慢的人。"

"但是，这样的话谁也不愿意和你练习了吧？"

进行两人三脚的练习时，堀北就会被排挤。

照这个情况下去，就算是正式比赛，也无法指望成绩会有所进步。

"我无法理解呢，就算我要让步，也是要等对方努力过再说。我无法配合从一开始就放弃努力的人。"

哎，我也懂堀北想说的话。她搭档的女生们确实只要无法配合，就会立即提出更换搭档。然而，有一个根本的理由。

"脚伸出来一下。"

"……你打算做什么？"

"陪我跑一次两人三脚吧。"

"我为什么要和你跑？"

"毕竟也有混男女的两人三脚。我确认一下你作为队友的素质，应该没问题吧。"

"你认为你的脚程配合得上我？你会扯我后腿。"

"如果按照你所说的理论，这应该无关乎脚程快慢吧。"

"……好吧。我来绑。"

堀北就像在说别碰我似的蹲下去，把自己的脚和我的脚用绳子绑上。

由于其他同学都在专注练习，我们就算跑两人三脚也不引人注目。而且，感觉会生气的须藤，也正在和其他人比模拟赛，顾不上这件事。

"那么，要跑喽……"

我只在最初一两步配合堀北的感觉迈出步伐。

不过，随着脚步加快，我就不是以堀北的速度，而是把步调提到自己的速度。

"欸，等等！"

我面对慌乱的堀北，毫不留情地以自己的步调加快脚程。堀北想拼命追上来，但她的体力远不及男生，因此无法掌握主导权。

"照你所说，配合对方应该不难吧？"

"那是……我知道……"

这家伙也很倔强呢。堀北没叫苦，拼命跟了过来。

我心想既然如此，于是便更进一步加快速度。

试着跑过两人三脚就会知道，只有快速迈步是不行的。

双方都认可的最佳速度很重要，要从寻找最佳步调开始。

如果不认真做好这点，一味追求速度，跑得不协调也是必然。

"唔!"

不久，堀北变得完全无法配合我的步调，眼看就要跌倒了。

我抓住她的肩膀，防止她跌倒。堀北微微地上下起伏肩膀，剧烈喘息。

"在追求速度之前，就是因为你没好好观察对方才会变成这样。"

堀北什么话也说不出口。我蹲下来，把她脚上的绳子解开。

"重要的是观察对方、给对方主导权，不是吗?"

正因为运动神经好，才必须鉴别对方的能耐、控制步调。

"你自己想想看。"

"我……"

我不知道堀北是否会因此察觉，而有所成长。

之后就要看她本人的了。

然后，还有一项课题——那便是栉田桔梗。

她可以说是班上的幕后功臣吧。虽然她经常隐藏在平田、轻井泽的存在感之下，但在许多同学会亲近她的这点上，她大幅超越了那两个人。现在她身边也围绕着不少同学，开心地埋头练习。

良好的沟通能力，加上优秀的学习成绩、体育能力，以及受上天恩惠的外表，等等，她也可以说是无可挑剔的学生吧。

在某种意义上，也难以想象她被编到 D 班的理由。

然而，我对她黑暗的一面略有了解。那就是入学没多久，她在没人烟的屋顶上谩骂的模样，以及她那张威胁看见该状况的我的表情。还有，尽管我不清楚理由，但栉田似乎相当讨厌堀北。

但 D 班要往上升，解决堀北、栉田这两人之间的纠纷，显然是不可或缺的课题。

而要解决那项课题，除了双方面对面之外，就别无他法了吧。

关系演变至此是有理由的

在各班都开始进行侦察的情况下，D班也开始进行小小动作。

像是谁擅长什么、谁会运动，等等。

已经有许多人察觉到了，直接侦察没什么意义。

就算掌握了别人运动神经好坏，不知道竞争对手是谁也没用。普通消息几乎没有价值。

因为如果不知道它的本质——"参赛表"的内容，就猜不到其他班的战略。

但反过来想，假如可以得到参赛表信息，就会事半功倍。

只要可以获得"参赛表"与"情报"两者，胜率就会飞跃性地提升吧。

可是通常这张"参赛表"是不会落到其他班手里的。要是泄漏出去就会是自掘坟墓，因此照理来说，各个班级应该都会严格执行情报管理。

但是……内部有颗炸弹的D班除外。

体育祭的前一周。放学后，我立刻行动起来。

我对在隔壁收拾书包的堀北搭话。

"你等会陪我一下。"

"要是我拒绝呢？"

"当然，这是你的自由，但如果因此 D 班陷入窘境，我也是不会负责的。"

我单刀直入且威胁般地说道，堀北瞬间语塞。

"……好吧，你要我做什么？"

"跟我来就知道。"

我说完，就径直走过堀北，向另一名目标人物搭话。

"栉田，可以耽误你一下吗？"

我走到正在和班上女生闲聊的栉田面前。

"嗯？怎么了，绫小路同学？"

堀北虽然表现得有些不愿意，但还是跟了过来。栉田也瞥了她一眼。

"明天你有安排吗？"

我决定周六，也就是明天邀请栉田去做某件事。

"目前还没有安排哟。顶多就是打扫打扫房间。"

"如果可以的话，就算只有上午也好，能不能耽误你一些时间呢？"

我这么开口道。如果栉田面露难色的话，我打算立刻作罢。

"好呀。"

然而，栉田就像在拂去我的不安似的笑着答应了我。

"不过，真难得呢，你居然会来约我。"

"或许是这样呢。顺带一提，堀北应该也会同行。"

"欸。"

我用手制止准备要抱怨的堀北。

"嗯，我完全不介意的……但你说只有上午是怎么回事呀？"

"我想邀请熟悉其他班消息的你加入，再次侦察对手。堀北邀请我，但我也很多事情不太清楚。"

我把想法老实地告诉栉田。不过，只有堀北的部分是即兴发挥。

既然拜托她陪同，要是不说真话，就无法完成邀约，也会无法让栉田理解自己的职责。我话一说完，栉田就理解地点了好几次头。

"嗯，我了解喽。要约几点呢？早一点会比较好，对吧？"

"是啊。早上十点左右，可以吗？"

"完全OK。那明早在宿舍大厅集合。"

"嗯，谢谢你。"

栉田好像和朋友约好一起回去，她对着在走廊等她的女生挥手，同时走出了教室。

我跟在她身后也打算回去，堀北却逮住了我。

"你打算做什么？我可完全没听你说过。"

"那是因为我没和你说。不过，侦察应该不是件坏事吧。"

"我不懂你约我的理由。如果是侦察，你和栉田同学就够了吧？"

"……你是说认真的吗？"

"干吗，我可不会开玩笑说出这种话。"

看来我还不能让堀北回去。

"这里很显眼，我们边回去边说。"

我用要丢下堀北的气势走向走廊。堀北追上前来，与我并肩走路。

"关于船上的考试，你没忘记你们小组的结果吧？"

"当然。全场一致识破 D 班优待者的真面目。那是很屈辱的结果呢。"

"对，你们小组得到的是通常不会成立的'结果'。那肯定有原因。"

"我也明白。但我不懂那是为什么，我再怎么想都得不出答案呢。虽然我可以推测龙园同学掺和了一脚……"

我也很清楚自己把令人束手无策的难题丢给了她。堀北心中恐怕也有好几个疑问反复浮现又消失、消失又浮现吧。

"虽然我也没有确凿的证据，但我心中已经完成了一个假设。"

我这么说完，堀北就打从心底吃惊地看着我。

"你是说，你弄懂了龙园的策略？"

"嗯。准确来说，那不只是龙园一个人的策略。还有一个人深涉其中。"

我抵达玄关，从鞋柜里取出鞋子。接着走到外面，重新开始话题。

"一般的话，优待者的真面目是不会被曝光的。你和平田绝对不会和别人说栉田就是优待者，对吧？"

"当然。"

"不过，栉田本人又怎么样呢？假如那家伙是有目的性地泄漏了她的真面目呢？"

堀北一时之间无法理解我在说什么吧。通常那是想都不会去想的事，所以也不能怪她。没有愚者会自己泄漏自己身为优待者这件事。

"这不可能吧？这种事情……对栉田同学没有任何好处。"

"不能一概断言没有好处吧。例如暗中交易，像是告诉对方自己是优待者，从其他班获得个人点数。"

"就算是这样……这可是对D班不利的行为呢。如果她被背叛的话，一切就完蛋了，这种赌注太危险。"

"那要看时机而定吧。让对方相信的办法，要多少有多少。"

"你是说，她为了获得一时的点数而背叛同伴？"

"或许是，或许不是。真相只有栉田知道。"

所以，我才会为了确认真相而约出栉田。

"你把我和栉田同学凑在一起……是为了要确认真相吗？"

事到如今，堀北也终于猜到了栉田背叛的理由。

"因为你和栉田之间好像有不寻常的因缘呢。假如有比个人点数更值得背叛的东西，就一点儿也不惊讶了。"

"怎么样？"我用视线确认，堀北却尴尬地别开双眼。

"我和栉田同学之间没什么因缘。"

"那么，你可以百分之百断言她不会因为和你之间的恩怨，而背叛班级吗？"

"那是……"

"你想到什么就该确认。不，如果不确认的话，可就完蛋了哦。你也想象得到吧？无论是哪场考试，如果班里出现叛徒，就不会有胜算。"

我知道上次、上上次的考试，以及这次的体育祭，一个叛徒就会让整个班轻而易举地崩毁。

不一会儿，我们就到了宿舍前，搭乘在一楼待命的电梯。

"明天来不来都是你的自由，但如果你打算率领班级升上 A 班，就要好好考虑清楚呢。"

在我的房间所在的四楼，这么对堀北说完，走出电梯和她告别。

1

星期六早晨。

我和聚在我房里的笨蛋三人组一起热络地聊着无聊的话题。

当然，我大致上也听进了那些内容。我偶尔附和，或插一句话。

因为篮球社无法使用体育馆，所以须藤今天也尽情享受了休假。

他们三人把我晾在一旁，越聊越起劲。

他们各自带来预先买的泡面，接着注入热水，等待三分钟。

"绫小路，你的是什么口味啊？"

"泰式酸辣。因为没吃过，所以就买来尝尝。"

"看起来好好吃，跟我的盐辛 ① 泡面交换嘛……"

他把那杯画有乌贼盐辛插图、看起来很神秘的泡面推了过来。

"……我拒绝。"

为何要特地买那种看起来不太好吃的泡面呢？

"欸，健。你不打算跟堀北告白吗？"

"什么？干吗突然提起？"

_____

① 一种将海鲜腌渍并发酵的食物。

"哎呀，我很好奇嘛。是吧，春树？"

"是、是啊。"

山内有点尴尬地看向我这边，并露出了假笑。因为他在暑假抱着失败的觉悟向佐仓告白，并且漂亮地失败了呢……

"要看体育祭结果了呢。要是可以获得正式认可，我说不定就会在那时说。"

"哦！是上次那个直呼名字的宣言吧？"

须藤就算是争口气也要拿下全学年第一，他仿佛在展现干劲一般，鼓起他上臂的肌肉。

"老实说，一年级里没人运动神经比我好。"

"我唯一的对手——高圆寺，大概也不会认真比赛吧。"

对须藤而言，高圆寺缺乏干劲，他也是喜忧参半吧。

"哎，就我立场来说，要是他可以在一定程度上认真参赛，我就没怨言了。"

"话说回来……"我对池他们提出一件我很好奇的事。

"A班有个叫坂柳的学生，对吧？一个脚不方便的女生。记得吗？"

"是那个美少女对吧？当然记得啊。"

池得意似的蹭了蹭鼻子下面，同时回答道。

"你听过那女生的八卦吗？"

"你说八卦，是指感情方面的事情吗？该怎么说呢？那女生存在感薄弱，完全没成为话题呢。"

山内听着这番话也感到同意，他就像在替池补充似的如此答道：

"有些人说她是班级领袖，但她却很温驯呢。"

两人意见好像都相同，关于坂柳好像没有任何值得注意的消息。当我们正聊到兴头上，我的手机便传来收到邮件的声音。我在确认邮件内容时，感受到了池和山内狐疑的视线。

"你啊……最近邮件有点多欸。"

"咦？哎呀，有吗？就跟平常一样吧？"

虽然我这么回答，但实际上邮件确实增加了，他们的目光越显怀疑。

"你不会是交到女朋友了吧？"

"绝对不是，放心吧。我绝不可能比你们先交到，对吧？"

"你说得是没错啦……"

我像在吹捧他们似的这么说，两人就恢复了平时的态度。

"绫小路的事怎样都好。比起那个，我们来聊聊关于我和铃音之间的未来吧。"

"对了，健。男女两人三脚你要和堀北一起跑，对吧？"

"嗯，我要在献给她胜利的同时，也要一下子增加亲密度……"

须藤正想开始讲这种无聊的话题，但我的手机又响了起来。

不过，这回不是邮件，而是闹钟。

"抱歉，我接下来有安排。"

"什么嘛，我刚要开始讲欤。算了，我会好好说给宽治和春树听的。"

"呃!"

不，比起那种事，我真想请他们离开我的房间……我于是就这么把他们三人留在我的房间，独自外出。

2

现在还不到和栉田约定的十点。看来有人比我先到。

"早安，绫小路同学。"

"哦、哦哦，早安，栉田。"

夏天也快结束了，能看栉田穿着夏装的时间也所剩无几了吧。

我对便服打扮的栉田有点不知所措，但还是走上前去与她会合。

"昨天临时约你，真是抱歉啊。"

"不会，一点也没关系。我今天也没特别安排行程。

再说，这感觉有点怀念呢，所以我很开心。"

"怀念？"

"嗐，第一学期考试时，你不是请高年级生转让真题吗？我觉得跟当时有点类似呢。"

"是吗？"

"嗯嗯。"

我虽然并不这么认为，但栉田开心地点了头，我就当成是这样吧。

其实拜托轻井泽或佐仓，心情会比较轻松，但办事还是要找专家。

考虑到这点，我最终决定拜托栉田。

比起这些事，问题在于堀北。差不多快十点了，她却还没现身。难不成她真的选择了逃避？在我开始乱猜的时候，那家伙就现身了。

"……久等了。"

"早安，堀北同学。"

栉田露出一如往常的笑容迎接堀北。另一方面，堀北则好像很不高兴。她正拼命试图隐藏自己的心情，但就我看来她是彻底露馅了。栉田应该也察觉到了吧。即使如此，她的态度仍和平常没半点不同。这大概就是栉田的厉害之处。

我们三个出了宿舍，往学校操场那一带走去。

早上十点过后，操场已经有许多学生，热闹非凡。

"哦！他们在比赛欸……"

"砰"，男学生发出踢球声。球画出一条曲线，往门柱飞了过去。那是很漂亮的轨道，却因此很好看穿，守门员展现敏锐反应，用拳头把球弹了回去。

比赛中也出现了平田的身影。队伍好像混合了一到三年级的学生，其中也有我不认识的人。

"侦察社团活动，并且掌握其他班学生的信息。总觉得很像是间谍，真让人心脏怦怦跳呢。"

"这不是那么厉害的事情呢。能获得的信息非常有限。"

"可是，堀北同学不这么想，对吧？"

"先得到情报是再好不过的呢，我们也不知道什么情报会成为获胜的关键。"

"或许如此呢。不过你还真热心欸，绫小路同学。居然会帮堀北同学。"

"如果不帮，她之后会很啰唆，没办法。"

"亏你在本人面前说得出口呢。"

我无视她本人那句恐怖发言，凝视着操场。

足球社的人要罚角球了，他们缓步移动位置，互争自己该站的位置。比赛不久就要重新开始，并且发展成激烈的竞争吧。就算是在远处站着的我们，也深深感受到比赛马上就要重新开始。虽然栉田笑盈盈的，但我对这奇妙的三人状态感受到了突兀感。意外的是，栉田居然展开了行动。

"决定今天邀请我的是绫小路同学，对吧？"

"你为什么这么想？"

"因为我不觉得堀北同学会邀我呢。"

栉田保持笑容，看了看堀北，又把视线移回我身上。

"为什么不觉得堀北会邀你？"

"哈哈，你那样有点坏心眼哟，绫小路同学。你知道我和堀北同学关系不好吧？"

有关那点，正因为我已经知道，所以栉田才没有隐瞒地这么说。

堀北也没否定，默默地听着。

"老实说，我现在还无法相信。有点半信半疑。"

从角落踢出的球，飞到在门柱附近等候的伙伴身边。

巧妙配合传球的人是平田。不过，瞄准射门会被对手紧盯，因此他不勉强自己，把球传给其他伙伴。那人是我见过的 B 班学生。他在最完美的时机踢出一击，漂亮地射进了球门。

"柴田是足球社的啊。"

"嗯，平田常常称赞他哟，说他比自己厉害。他们好像关系很好。"

栉田不愧消息灵通，连这种事情都听说了。比赛重新开始后，球又滚向了柴田，他以迅速的动作在对手阵地里四处奔跑。

"脚程也相当快欸。"

这和平田同等……不，光论速度的话，他看起来超越了平田。看来不是平田在谦虚。

"哦！在比赛了、在比赛了。今天也很有活力，真棒！"

穿着社团制服的高个子男生来到我们这些观战者身旁。我想过他平时在做某些运动，原来是足球啊。

"南云学长，早安。"

在我隔壁的桔田好像认识他，于是向他搭话。另一方面，堀北对南云这名字也表示出些许反应。因为他是下一届学生会会长候选人，也和她哥哥一样都是很有实力的人。

"哦？我记得你叫小桔梗。假日居然和男孩子约会，不错嘛！"

"啊哈哈，不是那样啦……我们是因为有点好奇才过来看看的。"

"慢慢看吧。我们的社员都不懂得放水，所以我认为可以准确估测战力哟。"

南云单眼眨了眨眼，就前往球场上会合。

看来他看穿了我们的想法。

因为南云的会合，以平田为始，足球社的气氛为之一变。

"我们学校可以兼任学生会和社团活动吗？"

"没有禁止，不过他现在好像已经退社了。可是就算退了，他也是最优秀的，所以还是会像这样时不时露脸练习，进行各种指导哟。"

"你可以直接上场吗，南云？"

"嗯。我睡过头了，就顺便跑步过来，身体已经暖起来了。"

南云和一名学生替换。比赛再次开始后，球和人马上就开始聚集到南云身边。因为他就是如此值得依赖的伙伴，同时也是应该去戒备的敌人吧。他进了与平田、柴田敌对的队伍。情况的变化，就如南云的表现一般亮眼。平田为了抢球，对南云挑起了对决。他的动作和刚才一样灵活，却被南云仿佛逗小孩似的华丽闪过。

随后，柴田冲撞南云，南云便掺杂好几个假动作迷惑对手，接着超了过去。我想，他们两个都是相当厉害的人，但与南云的层次不一样。

他独自更进一步往前，然后从中间位置的距离踢出了强力一击。球划出甚至让人感到恐怖的曲线，超越了守门员的预测，轻松进了球门。

"也就是说他被称为下届学生会会长，可不是浪得虚名。"

"……只论运动神经的话是这样呢。"

堀北没打算坦率认可我们仍看不清全貌的南云。

我和堀北一边对话，一边偷看着栉田注视比赛的侧脸，窥伺她的表情。她一如往常地笑眯眯，丝毫没露出真面目。

"被你用这样的眼神盯着，我也很伤脑筋呢。"

栉田仿佛看透了我的想法，和我对上目光，笑了出来。

"我答应你之后不会再过问，所以，你能不能告诉我一件事？"

我在当事者们的面前，刻意踏入不可进入的领域。

"你和堀北关系差的原因，在于哪方啊？"

我补充了一句。

"真是狡猾的说法呢，说什么'不会再问，所以告诉我'。"

这是心理上的诱导，栉田察觉到了这点。

"你保证只问这件事？"

"嗯，我答应你。"

既然讨厌对方，回答责任在于对方是理所当然。但是……

"问题在于我哟。"

栉田再次把视线移回足球社的比赛上，同时干脆地答道。

看来我猜错了。

她断定是自己不对，却还是讨厌堀北。那也算是某种矛盾。

我认为自己还算比较会观察人，可是我还是看不透栉田。而且，我也变得有点搞不懂堀北。堀北从一开始就发现自己被栉田讨厌，却没打算和我提起。现在也没有改变。然而，就栉田的语气来看，堀北说不定也知道自己被栉田讨厌的原因。可是就算我问堀北，她也不打算说出任何有关栉田的事。这是为什么呢？

她们都不想说出真相，代表一定有件她们不愿让人知道的事。

"算了，我觉得光想都是浪费时间了。"

"啊哈哈，对呀。现在侦察搜集消息才是最重要的吧？"

"也是……"

"啊，顺带一提，现在带球的是Ｃ班的园田同学。他的脚程相当快呢。"

隶属足球社的学生果然都很敏捷。班上可能抗衡的就只有须藤和平田，我们的情势好像很不利。

"不过，堀北同学也好好地在替班级着想……我觉得很开心呢。"

"毕竟为了升上Ａ班，我打算积极行动。没办法呢。"

"我也必须更加努力，变得可以为大家做贡献才行呢。"

我在她话中丝毫感受不到谦虚之意。

我们看了一会儿练习后，结束比赛的选手们开始各自休息。南云便趁机叫了平田，向他搭话。他告诉平田我们刚才在观战，于是平田往我们这里走了过来。

"三位早安。你们居然会来这种地方，真是稀奇呢。"

远远看着我们互动的柴田也跑了过来，我们变成了很奇妙的五人组。

"小桔梗早安，还有……我记得你们是绫小路和小堀北。身边环绕两位美女，你们是在约会吗？"

"不，不是那样。"

我和柴田见过几次面，但没想到他居然牢牢记住了我的名字。

我觉得有点开心，拼命抑制自己快要上扬的嘴角。

"今天怎么了呀？真是罕见的组合呢。"

我很感谢平田没有胡思乱想，同时决定正大光明地说出实情。

"我们在侦察，是来设定其他班需要提防的目标学生。"

"哦！那么，你们好好把我这个快速柴田超人标记起来了吗？"

柴田当场敏捷地踏步，表现自己的脚程有多快。完全不打算隐瞒自己实力的这份开朗，不晓得是因为他隶属一之濑率领的 B 班，还是因为他生性就是如此。

"柴田同学就和传闻中一样脚程很快呢，我和绫小路同学都忍不住吃惊了。"

柴田受到可爱女孩的称赞，有点开心地用食指蹭了蹭鼻子。

"柴田同学可是很需要提防的呢。他在 B 班里也跑最快。我也不想跟他跑同一组呢。"

"我也不会大意哦，洋介。因为你的脚程也很快呢。绫小路，你呢？"

"我可是回家社，你应该能猜到吧？"

"说得也是。"柴田双手抱胸，笑了出来。

看完足球社的练习，我们就离开了。

我们决定四处看看其他社团活动。话虽如此，但这只是表面而已。

真正想知道、真正该知道的事情在于别处。我已做好事前准备。至于这两人在这状况下会怎么想，就交给她们了。

"枥田同学，我对你没兴趣。"

"哇，突然间就说出这么无情的话……"

"但是，现在我有件事情不得不问。能请你回答我吗？"

"今天你和绫小路同学一样都爱提问呢。什么事呀？"

"暑假的船上考试，是你告诉龙园同学、葛城同学自己是优待者的吗？"

我想过她会直接询问，但这问题还真的很一针见血呢。面对吃惊、困惑的栉田，堀北继续说：

"你可以不用回答，因为就算翻旧账也没意义。我就先你问一件事。今后我可以把你当作班上的伙伴并相信你吗？"

"当然呀，我想和D班的大家一起以A班为目标。就像我最初说过的那样，我希望你们让我加入。"

"我的想法完全没有改变。"栉田补充道。

"虽然我不知道你为什么要对我说出那种话，但我希望你相信我呢。"

栉田对堀北露出笑容，同时用认真的眼神看着她。

"我先回去了。剩下的侦察就交给两位。"

"什么？欸，你在说什么啊，绫小路同学？"

"想到这个作战方案的原本就是堀北，只要有栉田广阔的人脉，应该就够了吧。"

我说完，就离开了。

3

我们每天重复各种练习，体育祭也只剩下一个星期。我们必须在今天交出参赛表，决定各项目的参赛者。平田站上讲台，枥田面向黑板拿起粉笔，做好记录的准备。

"接下来，我们要决定所有项目、所有比赛的最终组合。"

他以汇集每天记录班上结果的笔记为基础，娓娓道出全班商量好的最佳组合，以及纳入获胜法则的参赛顺序。

学生各自记下自己的比赛和顺序。对于从练习的成绩判断的结果，没有一个学生提出异议。讨论顺利进行了下去。

"最后的一千两百米接力，最后一棒是须藤同学。"

"这应该很妥当呢。"

我对这考虑各自能力且尊重个人意思的编排感到佩服。

最后压轴的接力赛跑，也集中了堀北等脚程快的学生。

然而，我的邻居，不知为何摆出不开心的表情，盯着黑板。

顺利结束讨论之后，堀北立刻离开了座位。

我才在纳闷她要去哪里，没想到是须藤的座位前。我很好奇，于是侧耳倾听。

"怎么了啊?"

"我有些话想对你说，你能不能过来一下?"

"好、好的。"

须藤被她这么搭话，于是匆忙起身。

"还有平田同学，也可以耽误你一下吗？"

堀北说完就立刻迈步而出，不知为何也向平田搭话，把他叫去教室角落。

小鹿乱撞了一下的须藤，不禁露出失望的表情。

"关于刚才决定的参赛表，我有事要商量。体育祭最后举行的一千两百米接力赛跑，我希望你可以把最后一棒让给我。"

须藤也对这意外的提议刹那间表现出困惑。

"不，可是……最后一棒通常是最快的人吧？还是说，我是最后一棒你很不放心？"

男女生在基本体育能力上不一样。堀北在女生中脚程很快，可是混进男生组的话，她就连平田都赢不了。由比平田速度更快的须藤跑最后一棒才比较自然。须藤当然也认为要由自己来跑，他应该无法马上接受吧。

"不，不是这样。你的实力在练习时我就很清楚了。"

"既然这样给我跑不就好了？至少第五棒的话，是可以给你跑……"

"我并不是没有理由。你应该也很擅长起跑冲刺吧，须藤同学。既然这样，你跑第一棒并甩开对手，我想也是可行的。跑出第一就可以确保内侧跑道，可以有利比赛进行。如果是个人赛跑，虽然可以通过起跑让步，来让学生遵守比赛规则，但如果是接力赛就无法这么做。从第二棒开始，学校就会允许依先后顺序抢跑道吧？规则上明确记载，第二棒之后赶超时就必须使用外侧跑道。"

换句话说，堀北应该是想让须藤当第一棒，作为甩开对手的战略吧。

"可是啊……"

须藤好像怎样都无法理解。我也能明白须藤的心情。

我知道在起跑冲刺顺利分出胜负的话，第二棒跑起来确实会变得轻松。但就算他跑了第一名，也不能保证可以彻底甩掉对手。倒不如说，先让须藤跑完并逐渐被缩短差距的那种状态，对后面几棒的人来说应该也会构成压力。

反过来说，如果把须藤放在最后一棒，他也有可能在最后的追赶上发挥出超常的力量。只要眼前有追赶的对象，就会鼓足相应的干劲。

"最后一棒都是队伍里跑最快的家伙接任的吧。"

"这里是实力主义的学校哟，以刻板印象或是成见来决定可不好。照理来说，其他班也会思考各式各样的战略。"

两方说词我都能理解，但总觉得这次堀北好像有些强硬。虽然那将会有许多精神层面上的问题，可是基本上顺序不会有什么太大差别。像是极端不擅长起跑冲

刺，或是不擅长交棒——这种技术层面之外的影响应该
很弱。

但无论是堀北还是须藤，我印象中他们在这方面都
不弱并能稳健地完成。

既然这样，意思就是堀北想当最后一棒有其他理
由。若是池或山内的话，就可能是单纯想引人注目吧，
但我很难想象她也是这种理由。这么看来……

"我一定会取得比练习还好的成绩。"

最后，堀北提出毫无根据的毅力理论来恳求他们。

"我不懂欸，这很不像是你的作风哦，堀北。"

这项提案不可思议到甚至被须藤这么吐槽。

"那个……可以打扰一下吗？"

栉田好像很好奇，而委婉地加入他们。

"啊，抱歉呀。我不小心听到了，然后我猜堀北同
学是不是有其他想当最后一棒的理由。"

"那是……"

"如果是这样的话，可以请你说出来吗？我想，我
和须藤同学都不会没理由地否定你，但要改变班上所有
人决定的顺序，我希望你有正当的理由。"

"我赞成平田。好好告诉我理由啦。"

堀北露出不悦的表情，但她似乎认为说出真相才是
获得最后一棒的唯一办法，于是说出了理由。

"因为我觉得……我哥哥会是最后一棒……"

"你说哥哥？学生会会长果然是……"

"嗯，他是我哥哥。"

所有人都知道学生会会长的名字，但他们没从堀北这个姓氏去想。

那姓氏绝不算是罕见，但就算隐约猜到却没去追究，应该是因为堀北本人没说，他们外表上没那么相似的关系吧。

他们三个都对这件事感到惊讶，并且面面相觑。

"也就是说，你想和哥哥一起当最后一棒吗？"

栉田听完理由，但光是那样，她似乎无论如何都无法理解。

然而，堀北不打算主动深谈下去。

我决定替她解围。

"好像发生了一些事，他们正在吵架。她大概是想创造一个和好的契机吧？"

这很浅显易懂，而且既不是真相，也不是谎言，我都觉得自己真是在绝妙的时间点补充了一句。堀北一瞬间怒瞪般地看向正在侧耳倾听的我，不过马上就重新面向了须藤他们。

"事情很突然，我还以为是怎么回事呢，原来是这样啊……虽然我现在还是想跑最后一棒，但如果是这样的话，我可以让给你。"

"我也觉得可以。如果须藤同学同意的话，班上其他同学应该也会觉得没问题吧？"

"是啊，我知道了。我会交换堀北同学和须藤同学的顺序后再交出参赛表。"

"谢谢……"

如果没有这种机会，堀北和她哥哥确实不会有机会近距离并肩同行吧。

就算没有勇气主动接近哥哥，但若是竞赛的话，她就可以强行接近哥哥。

然而，堀北的这份决心，也未必会有所回报。

因为就算她靠近她那一板一眼的哥哥身边，我也不认为会有什么改变。

开幕

这天终于来临了。体育祭拉开序幕，想必这会成为漫长的一天。全校学生都身穿运动衫，如练习那样列队进场。虽然说是列队进场，但大部分学生都只是很平常地走着路。

"我要向小桔梗展现帅气的一面！"

池走在我正后方，兴奋地说道。他的运动神经也没有特别好，是打算怎么展现帅气的一面呢？看起来无疑是没什么秘策，只是在白白鼓足干劲。

开幕典礼上，三年A班的藤卷进行了开幕宣言。虽然人数不多，但操场周围也可以零星看见观众的身影。他们可能是在学校用地里工作的人们吧。这部分校方好像没有特别限制。我不时地也能看见他们露出笑容，挥挥手。

另一方面，学校的教师们则是完全不带笑容地观望着学生的情况，其中也有医疗相关人员。另外，学校建造了可容纳二十人左右的小屋，室内备有冷气、饮水机等设施。这和无人岛时一样准备万全。互为竞争对手的红组和白组中间隔着跑道，各自设有帐篷。因此除了竞赛中之外，我们无法接触到对方。

"准备还真是周到呢，连判定结果用的照相机都装设了。"

学校替最初的一百米赛跑做了准备，可以在终点看到一台照相机。

"也就是说，校方绝对会避免误判或是模棱两可的成绩。"

校方应该打算像赛马那样，就算是一个鼻子、一个脖子的差距也要分出胜负吧。正因如此，这场体育祭上没安排声援比赛这种难以计分的竞赛。

1

"你一百米赛跑是第几组？"

"第七组。"

我边看简易参赛表（一张写着竞赛顺序与时间的纸）边回答。

"要是没强敌出现就好了呢。为了班级，我会替你加油的。"

"我会尽量努力不成为最后一名。"

我说出没志气的目标之后，我们一年级男生就立刻走向操场参加比赛。

一百米赛跑等竞赛，全部都是从一年级学生开始依序进行。从一年级男生开始跑，到三年级女生跑完，一个项目就会结束。中场休息之后，再切换成相反模式，从一年级女生开始跑，到三年级男生跑完。比赛以各班事先上交的参赛表为基础，按照决定好的组合进行。我

120

们到正式比赛当天才会知道其他班的参赛顺序。各班选出两名，共计八名学生排成了一直线。我刚才也和堀北说过，我的出场顺序是第七组。一年级男生总共有十组。

轮到跑第一组的须藤出场。D班全体学生都紧张地守望着他。

须藤的存在将大幅影响体育祭的结果。如果须藤在第一个项目上成功给对手下马威，那么就会给D班带来一个好兆头。假如须藤以失败告终，也可能影响后面的同学。

"看上去都是些不怎么样的家伙欸，还有很多胖子跟书呆子。第一名肯定是须藤了吧……"

第一组似乎没有什么强劲的对手。就如池所说的，须藤拿第一名应该没问题。

"从另一种角度来看，这反而也能说是种损失呢。"

如果是须藤的体育能力，有一定跑速的家伙上场会比较理想。

"但也没办法呢，毕竟是运气。"

须藤在起点位置摆出蹲踞式起跑的姿势，侧脸让人感受到一股绝对的自信。他向周围散发出就算在比赛途中跌倒也能逆转的从容气场。

须藤在鸣哨的同时完美地站起，飞奔而出。一开始就抽身冲出的须藤，就这样把所有男生抛在后头，向前奔驰。

在全校学生的观望下，身为最初竞赛的跑者，须藤不负众望地夺得了第一。

同一组的博士也同时如想象那样，稳稳地拿下了最后一名……

然而，我们无法沉浸在余韵里，下一组的起跑信号就响起。信号大约每间隔二十秒左右发出一次。

一年级男生全部跑完大约需要四分钟。因为有三个年级，加上女生组的话，估计要花三十分钟左右，才能跑完一百米赛跑。

"不愧是须藤同学呢。"

和我同组的平田钦佩地夸赞他。

"嗯，其他班感觉也吓破了胆。"

他不止拿下第一名，毫无疑问也给人强烈的冲击。

第七组的我和平田就像须藤和博士那样分工明确。平田是足球社社员，脚程很快，他要拿下前几名，我则是要尽量拿下前面一点的名次。我和平田刚好一个不起眼，一个显眼。

其他班有好几名应该提防的学生，不过就我所认识的，其中散发强烈存在感的龙园或葛城，以及运动神经优异的神崎、柴田会在第几组呢？第三组的成员站到了起跑线上。

"哦，秃子……不对，葛城在第一跑道欸。"

池指着他的头。沐浴在阳光之下的光头，发出了炫目的光芒。

葛城隔壁有个我认识的男生，正神情冷静地凝视着终点。他是 B 班的神崎。

葛城和神崎要交战了吗？

另一方面，在某种意义上备受瞩目的男人——D 班的高圆寺，也是第三组的成员之一……

被分配到第五跑道的高圆寺人不在，可是校方也没打算寻找不见人影的高圆寺，而是把他当作缺席处理，立刻开始了比赛。

第三组感觉会是场混战，但跑步能力上好像是神崎更胜一筹。葛城的脚程绝不算慢，但还是慢了神崎一步。结果神崎第一名，葛城第三名。平田在赛跑正顺利进行时发现了一件事。

"绫小路同学，你看那里。"

平田注意到的是小屋方向。我定睛一看，发现高圆寺在屋内整理发型。

他应该不是已经跑完了吧。话说，他也太早撤退了吧。

"看来他不打算参加呢。"

到开幕典礼为止，他看起来都乖乖服从，但到头来好像还是不参加竞赛。

高圆寺恐怕是找了脚痛、身体不适之类的借口溜出去吧。假如所有比赛他都不参加，连照理最后一名也可以拿到的点数都会无法获得，因此这对于班上与红组来说，便会作为负债，重重压到我们身上。虽然 A 班也同样有不参加所有项目的坂柳，但那是无可奈何。如果 C 班和 B 班没有缺席者，那么红组就必须填补两人的洞。这是相当大的不利条件。

竞赛顺利地进行了下去。

小组比赛接连进行，转眼就轮到了我们第七组。

我进入第四跑道，平田则在隔壁第五跑道。其他成员里有 A 班的弥彦，剩下的则都是陌生面孔。这是我人生第一场体育祭。我以既不快也不慢的起跑冲刺开始了比赛。跑在我隔壁的平田一点一点超前，挤进前方阵营里。另一方面，我视野之中可以看见四个人的背影，应该位居第五。

好像因为跑步能力没有特别大的差距，我们几乎是以挤成一团的状态跑向终点。我就这么保持匀速不改顺序，以第五名完成比赛。平田则以毫厘之差荣获第一名。

"呼，辛苦了。"

早一步到终点的平田轻轻喘着气，对我说了句慰劳的话。

"抱歉啊，我扯了后腿。"

"没这回事哟。大家都跑得很快，这是场很棒的对决呢。"

就算我的成绩很没出息，平田也没有苛责，而是笑着鼓励我。我们赶紧离开跑道回到了帐篷。因为后面的小组比赛会接连开始，所以逗留会变成阻碍。

一年级男生的一百米赛跑结束后，回到座位的男生们便用力凝视似的观察女生们赛跑。

男生应该也想看比赛结果，但主要是因为非常想看女生跑步的姿态吧。

"须藤呢？"

不见照理已经回到座位的须藤人影。

"谁知道，应该是去上厕所了吧？比起那种事，我们来看女生吧，女生！"

池虽然很乐观，但我一发现须藤不在，马上就有了不好的预感。若是那家伙的话，他很可能会去帮堀北加油，不见他人影这件事非常奇怪。

"难不成……"

我看了看小屋方向。不好的预感应验，须藤正在逼问高圆寺。

"真是不太好的发展呢，我们得赶紧阻止。"

"是啊。"

我和几乎同时发现这件事的平田急忙走向小屋。

场面好像已经升温，须藤用力握紧拳头，与高圆寺面对面。

"你这家伙！为什么不参加比赛？你少瞧不起人了！"

打开室内大门的同时，须藤的恐吓声便传了过来。须藤已经逼近到眼看就要揍上去的距离，但高圆寺简直就像没发现他的存在一样非常淡定。

他看窗户玻璃映出自己的模样看得入迷，仿佛把须藤当作空气。

然而，那副模样却让须藤怒火中烧。

"看来不扁你一顿，你就不会懂呢，高圆寺。"

"那可不行啊，须藤同学。要是被老师知道的话……"

平田连忙制止道，但须藤是不会因此就作罢的男人。

"吵死啦，这是班级内部问题吧，就算揍了也没什么关系啦。只要这家伙别哭着向老师打小报告就没问题了。"

"你这男人还真是老样子地邋遢呢。我是想安静独处才来这里，如你所见，今天我身体不适。我只是为了不添麻烦才退赛的呢。"

"少骗人！如果是练习比赛就算了，你居然连正式比赛都跷掉！"

他会这么生气也难免。不管再怎么看，高圆寺丝毫没有身体不适的迹象。

"不可以啦！须藤同学！"

在身处一段距离之外的平田上前阻止之前，须藤就忍无可忍地举起拳头。

他应该是打算就揍一拳，让高圆寺清醒过来吧。

然而，高圆寺这超乎想象、超乎常规的男人，却用手掌接住了须藤的强力一击。

"砰"。小屋里响彻了这无力的声响。

高圆寺看都没看须藤的脸，便如此断言道：

"别这样，凭你是赢不了我的。"

须藤看起来不像是放了水。那是他全力挥出的一记拳头。

拳头被轻松接住，须藤应该也再次深深体会到高圆寺巨大的潜能了吧。但须藤别说是对此畏惧，好像还增加了干劲。

"那就放马过来吧，我会挫挫你那自傲的锐气。"

"真是的，不管是你还是她，好像没了我就无法好好参加比赛了呢。"

"她？你是指谁？"

"就是你迷恋的 Cool girl 呀。我连今天都被她叮嘱了一番呢，她要我认真参加体育祭。"

"堀北？"

看来堀北从一开始就猜到了高圆寺不参加比赛的可能性。

唉，毕竟他在无人岛考试刚开始就弃权，操心也是很正常的吧。

话说回来，我还真不知道她在我看不见的地方督促高圆寺。

"总之，你赶紧走吧。因为我身体不太舒服呢。"

"你这家伙！"

平田心想不能让他再次打人，而介入须藤与高圆寺之间尝试调停。

"你最好冷静一点。高圆寺的态度虽然也有问题，但既然他说自己身体不适，照理说就有权利休息。再说，不管对方是谁，你都不可以施暴。"

"那种话肯定是骗人的啊！他无人岛时不也这样吗？"

"真是无凭无据的发言。我身体不适不太会表现在态度上呢。"

"剩下的竞赛，你也打算全部都跷掉吗？啊？"

"假如身体状况恢复，我当然就会参加。假如身体状况恢复的话呢。"

须藤无法彻底平息怒火，但也无法一直盯着高圆寺。

"下一项竞赛已经快开始喽，须藤同学。如果身为领袖的你不在场，也会影响士气。"

平田换了种说法说服须藤。

"好啦，我这就回去。"

"谢谢你。"

平田像在安抚小孩似的与须藤一起出了小屋。我也跟在他们后头。

回到D班阵营的帐篷后，须藤心里虽然很焦躁，但还是坐到了折椅上。

"可恶！我下次真的会把那家伙揍飞！可恶！"

他的愤怒一时也不太可能会平息，于是便四处发泄心中涌出的情感。

君子不立于危墙之下。大家都离须藤远远的。

须藤以要咬上所有靠近者的气势释放怒气。

然而，沉醉于女生赛跑的池他们却没发现须藤这股焦躁，开朗地靠过来。回过神来，女生的一百米赛跑也进入高潮，最后一组正要进入跑道。

"你刚刚在做什么啊，健，你终于回来啦。你喜欢的比赛就要开始喽。"

池"啪"地拍了拍须藤的背。那瞬间，他的手被须藤抓住，狠狠地施展锁头技。

"呀！你干吗！"

"发泄怒气。"

"痛痛痛！我认输我认输！"

唯独这点，我只能说池很倒霉、也很可怜。

不管怎样，因为对池发泄了怒气，及堀北比赛将至，须藤也稍微恢复了冷静。一年级女生比赛中最后出场的堀北进入了跑道。

"看看铃音来治愈一下吧……"

既然你看那个家伙就会被治愈，那你就好好治愈一下吧。

呼吸紊乱的佐仓，回到暗中观察须藤的我身旁。

"呼啊、呼啊……好、好难受……"

她好像是竭尽全力跑完，而极为痛苦地反复喘气。

"你、你在看我跑吗？绫小路同学！"

她的双眼从眼镜深处闪闪发亮地仰望着我。很遗憾，佐仓的比赛好像在我追着须藤进入小屋的时候就结束了，我并不知道结果。但要是在此说自己没看她跑，佐仓应该会极为失落吧。

"你很努力了呢。"

虽然简短，但我充满情感地如此说道。从佐仓气喘吁吁的样子可以推测出她一定尽力了。

"谢、谢谢你！我第一次不是垫底呢！"

她笑着说道。佐仓在体育课和比赛练习上都压倒性地慢，看来她是真的拼尽全力了。而且，照这情况看来，好像也不是对方犯下跌倒等等的失误。

"你别太胡来，太忘乎所以的话可是会跌倒受伤的。"

"嗯……嗯！"

她的呼吸依然困难，露出笑容后，就望向我隔壁下

一组准备比赛的女生。

我也注意到要和堀北同场比赛的某个女生。

是站在第三跑道的 C 班学生——伊吹澪。没想到堀北居然会和视她为对手的伊吹同组。真是奇妙的巧合。堀北看都没看她，但伊吹眼神中却好像噼里啪啦地迸出花火。就算隔了一段距离，我也看得出她那种绝对不会输给堀北的意志。

"小伊吹的运动神经很好吗？"

"我怎么知道。不过赢的一定会是堀北。"

虽然其他男生可能不知道，不过伊吹的运动能力其实很强。我手上也只有少量信息，无法断言哪方会胜出。

开始的信号一响起，七名女生就跑了出去。备受瞩目的两人之中，伊吹的起步很好。堀北的反应慢了一拍，起步比较晚。

但她立刻就加快速度，以漂亮的姿势逼近伊吹。另一方面，伊吹虽然成功起跑，但一直很在意在她身旁的堀北，被后方吸引了注意力。好像多亏这样，堀北在中间阶段像是紧黏上去似的与她维持一定距离往前跑。

最终阶段，我可以看见伊吹僵住表情。她们一并列，堀北就稍微超前。真不愧是显露自信的堀北，虽然差距很短，但结果她也进入了开始争夺第一的局势。

"好像不太妙……"

须藤如此嘟哝，他的预感应验了。处于领先的堀北与伊吹开始一点一点缩短了距离。伊吹逐渐逼近想要完全甩开她的堀北。

先冲过终点线的人是堀北。面对这场就算用影像判定胜负都不奇怪的激战，虽然只有一会儿，但是周围都"哇"地热闹了起来。

伊吹在气喘吁吁的堀北身旁，不甘心地往地上踢了一脚。不过，要是她没那么在意堀北的话，我甚至觉得名次会颠倒过来。意志上的些微差距变成了堀北的胜因。

"话说回来，这真是场只有她们俩脱颖而出的比赛欤。"

我的心情就跟看着堀北跑完的须藤相同。尽管堀北和伊吹势均力敌，但除去D班学生，其他女生的实力说实话都相当低。

一年级一百米赛跑结束时，大家互相报告了结果。

须藤或堀北、平田这种以运动神经为傲的人，稳稳地拿到了第一名。然而，我们也了解到备受期待的中间层名次不佳、起跑不理想。

"你们加油啦。你不是以脚程为傲吗？"

"但、但是……柴田那家伙跑得很快嘛。"

"这也是情有可原的哟，因为柴田同学脚程比我还快呢。"

事实上，柴田在社团活动练习中，也有好几个感觉比平田更快的动作呢。虽然这是很出色的开始，但接下来也将越变越复杂。

在这场合笔记本和手机都没有，就算在一定程度上互相口头传达结果，要完全掌握一切也很困难吧。也不会知道其他班的详细情况。

我走近刚从跑道回来的堀北，向她搭话。

"真是好险啊。"

"……是啊，伊吹同学比我想得还快，我也很惊讶呢。"

堀北刚才似乎有发现伊吹正在逼近自己，现在放下心地松了口气。

"听说你去和高圆寺搭话了呢。"

"你是听谁说的？不过，似乎并没有什么意义。"

堀北瞥了一眼在小屋里度过优雅时光的高圆寺。

"我猜到他可能会跷掉，但结果还是变成那样了呢。"

"毕竟那家伙在某种意义上比谁都对 A 班不感兴趣。"

只要不被退学就好，开心地度过剩下的校园生活。他既然都这么决定了，我们也叫不动他。

然而，堀北开始萌生出无法厘清对错的心情。

"假如我是栉田同学那种受班级喜爱的人，他就会被我说服了吗？"

"不知道，我想他也不是那种会回应栉田或平田的类型。"

话虽如此，但他们俩没有强硬地说服高圆寺。要说为什么的话，那是因为虽然是高圆寺自称，但面对身体不适的对象，他们不会断言那就是谎言。

"没想到你居然会说出'像栉田那种'的话欸。"

"我本来就没有很讨厌她。"

她在很自然的谈话过程中这么说出口，然后觉得自己有点说漏嘴，而紧闭双唇。

"刚才的话你就当作没听过。"

她这么说完，便结束了话题，然后望向不久就要开始的三年级竞赛。

对这家伙而言，不仅 D 班是她的烦恼，哥哥的存在也一样吧。

不过，她那位学生会会长哥哥，则完全没受妹妹的心意影响。

在第二组起跑的堀北哥哥，理所当然地以第一名抵达终点。

"就如我所想的，跑得很快欸。"

"因为哥哥很全能。不管他做什么，他都是第一。"

与其说是引以为傲，不如说她只是在陈述事实。

全年级结束一百米赛跑后，便进入总计分的阶段。

在下个竞赛项目开始前，红、白组最初的分数被公布了出来。

红组两千一百一十分，白组一千八百九十一分。

虽然竞赛才刚开始，红组就已经有了些许优势。

2

第二个竞赛项目是跨栏比赛。它和一百米赛跑相同，是个单纯反映跑步能力的项目。话虽如此，但也不光是这样。我们不能操之过急并准确地跨过去，不然就会造成严重失误。关于这项竞技，它有两条规则——"弄倒栏架"、"碰到栏架"。这两点将会有时间惩罚。如果弄倒栏架是零点五秒，碰到栏架则是加零点三秒到抵达终点时的秒数上。

因此，只是跑得快可赢不了，还必须精准地跳过去。

话虽如此，但跳得慢当然也赢不了，所以重要的是在练习时找到感觉。间隔十米放置的栏架共有十个。假如弄倒所有栏架，就要在最后成绩加上五秒。几乎会变成令人很绝望的名次。

须藤在这个项目上是最后一组。

"喂，你们要是拿了最后几名，我可会赏你们耳光哦。"

须藤双手抱胸望着同学们。面对他施加的强烈压力，不擅长运动的学生害怕得哆嗦了起来。

"简直是恐怖主义嘛！"

"呃，外村同学不在吗？不在的话将会失去参赛资格。"

站在起跑位置的裁判传来这样的声音。

"在、在下肚子痛……请问我可以缺席吗？"

博士在练习时几乎一次也没跳过栏架，他害怕似的打算逃走。

"啊？弄倒所有栏架也没事，你就算是争口气也要跑完！"

"嗝！在、在、在下在场！"

博士在双方脸庞几乎快碰到的距离被须藤怒瞪，于是就前往了跑道。最后一名与失去资格可有天壤之别。如果失去参赛资格连一点都拿不到，因此参赛是必要的。

"真没用。他就是平时都不运动，所以才会发福。"

但博士就如同预想那样跨不过栏架，到头来还是一面用手弄倒栏架，一面以最后一名跑完了全程。

"话说回来，柴田那家伙还真厉害。"

须藤在逐渐掌握各班战力后，戒备地说道。

虽然目前还只是第二个项目，但柴田也在跨栏竞赛轻松地获得了第一名。他应该是须藤当前的对手吧。而且，他就像一之濑那样，拥有照顾周遭的领导能力。

"要是直接对上他，我一定会赢的。"

这么发展下去的话，须藤年级第一的目标或许就会离他而去。

尤其是团体比赛的不确定因素很大。

"那么，接着请第四组准备。"

我被裁判传唤，于是到了和刚才一样的跑道。第二跑道上有神崎的踪影。

"没想到我们这么快就碰上了呢。"

"……还请你手下留情。"

"听一之濑说你跑得相当快呢。"

一之濑是怎么知道的呢……我不禁回想起来，佐仓遇到危险时，她看见我跑步的模样了吧。虽然我不是全力跑，但从跑步姿势去推测运动能力，这也是可以想象的。

再说，我在游泳池和一之濑他们玩游戏时，也格外引人注目呢。我在至今的考试或事件上被他们提防，大概也没办法吧。

"那是错误的信息。你看见刚才我一百米赛跑的名次了吗？我可是第五名。"

"虽然结果是那样，但你看起来不像在认真跑呢。"

"在体育祭上保留实力没有好处吧。只会有所损失。"

"虽然概率很低，但作为战略也并不是完全没意义。"

看来一之濑他们 B 班在认真地侦察、观察，并且推测了敌情。

虽然是像我这样不起眼的小人物，但是他们不光是名次，就连跑步的状态都有所掌握。

"再说，你在同年级里也算是相当冷静的男人。那种人很令人害怕呢。"

"算了，随你怎么想吧。"

虽然话才聊一半，但 C 班的男生来到我们之间，于是我们就中断对话了。第四组除了神崎，看来好像没有多少厉害的成员。就算我提升点名次，应该也算是误差吧。

我在起跑时，用和刚才大致相同的感觉跑步。神崎果然脱颖而出，跑在我前面的除了他只有一名学生。最后，我得到了第三名的好成绩。虽然这也和编组有关系，但也因为这是既不好也不坏且不起眼的排名，所以我可以顺利进行下去呢。

"……唉，真是的……真不走运。"

幸村结束竞赛回到我们阵营之后，就垂着头并且喃喃自语。从他的样子推测，他好像是比完了两项竞赛，而且结果不理想。

"结果不好吗？"

"是绫小路啊……我很恨这种编组。我是第七名跟第七名……"

亦即所谓的连续安慰奖吗？看来他被逼到相当痛苦的状况之中。

"这要看你的想法了。如果是你的话，就算沦落到最后一名，考试上也不会出问题吧。"

"虽然我没考过不及格，但这无疑会降低我的成绩。再说，这结果也会给班级或红组造成负担……"

比别人加倍地想爬上Ａ班的男人，也比其他人抱着加倍的责任。正因为他平时都用强硬语气痛骂须藤那些成绩不好的学生，他才不想表现出自己的弱点吧。

我想再继续说下去的话会很不识趣，于是决定和他稍微保持了一点距离。

我盯着女生们的竞赛。一开始上场的是堀北和佐仓这两名我熟知的人物。备受获胜期待的堀北丝毫没感到压力地站在起跑位置上。另一方面，虽然很不好听，但零期待度的佐仓，则看起来很紧张。

"堀北同学的编组不太好欸。"

"是吗？"

平田似乎很了解其他班的情况，他边看着赛场边这么说道。比赛立刻就开始了。

"因为据说是Ｃ班脚程最快，并隶属田径社的矢岛同学和木下同学都在呢。"

"原来如此……"

堀北在最初的一百米赛跑刚赢下与伊吹的激战，但试炼好像并没有结束呢。

"要赢确实很难呢。"

堀北紧咬似的奔跑、跳跃，C班的两人却先后超越了她。胜利女神没有造访堀北，她以第三名结束了比赛。

平田得知结果后，便看向了我。那不是针对堀北败北的眼神交流。那是因为他从这比赛的编组中感到了一丝违和。

3

下一场竞赛的项目是"倒杆大赛"，是简单却粗暴，且有些危险的团体竞赛。

"你们绝对要赢。高圆寺那白痴不在，你们要鼓足干劲！"

须藤喊道，鼓舞集结在眼前的D班、A班全体男生。

另一方面，须藤等人的对手是神崎、柴田率领的B班，以及龙园率领的C班男生。虽然C班是未知数，但当中也有很健壮且引人注目的学生。除了之前和须藤因打架骚动有过纠纷的坂崎、小宫，还有个叫作山田的大块头学生。他是日本人与黑人的混血儿。我偶尔在学校遇到过他，不过他的实力究竟怎样呢？

　　无论班级的人数是多是少，都得以现有的战力来思考战略并竞赛。

　　比赛规则是先拿下两杆的小组获胜。葛城和平田在事前讨论上决定每班交替进攻和防守。应该是猜到只攻或只守的风险会很高吧。那种方式更浅显易懂，而且也容易合作。

　　以 D 班先负责攻击，A 班防守杆子的形式。假如这个攻防形式成功地先发制人，我们就打算乘胜追击，不改变攻守方。

　　"哎，别担心啦。就算只有我一个，我也一定会把对手打倒。"

　　"你要弄倒杆子，而不是要打倒人哦……"

　　我实在有点担心，因此事先叮嘱了他一声。

　　"这我无法保证，因为高圆寺那件事弄得我很焦躁！啊啊。"

　　须藤露骨地表示出敌意，还向对手比了比中指。

　　"还是跟他保持距离好了……"

　　池等人感到有被须藤牵连之虞，于是慢慢地离开了他。这样才明智。

　　攻击阵营（主要是须藤）殷切期盼着宣告比赛开始的哨音。

　　另一方防守阵营葛城他们多次确认队形，建立可靠的防御。

拳打脚踢等明显的暴力行为当然是明令禁止的，但一定程度上的扭打，校方也会允许吧。预计会有许多人扭打、互相推挤。

"唔……总觉得很可怕。我还是第一次参加倒杆大赛……"

"你没在像是初中的体育祭、运动会上参加过吗？"

"我一听说这是很危险的竞赛，就没参加……绫小路，你所在的学校办过吗？"

"不……我也是第一次参加。"

"什么嘛，你不也是第一次吗？"

我们正进行着轻松的对话时，比赛开始的哨音响了起来。须藤争先恐后地呐喊，往前冲。

前方积极的组员仿佛在叫大家跟上似的冲入敌营。

"糟糕，走喽！绫小路！我才不要因为偷懒而惹怒须藤！"

池和我、幸村等不喜欢竞争的人，慢慢地跟上了前方的积极组。

敌对队伍 BC 联盟也和我们 DA 联盟一样，班级以攻击方、防守方漂亮地划分开来。

第一场比赛，保护本营杆子的好像是 B 班。B 班一群人在杆子前守着。

顺带一提，两方的攻击阵营禁止互撞。

规则强调攻击阵营从头到尾都必须往防守阵营

进攻。

"想被我宰的家伙就放马过来!"

须藤一边说着不得了的威胁言语,一边冲进对手的防守阵营。面对他的高大身材,以及超乎常人的力量,黏在杆子周围的学生接二连三被扯了下来。

"阻止他!阻止须藤!"

部分防守学生配合 B 班的这般喊叫声,围住了须藤一人。

"喂!你们赶紧接着上!我杀开了一条路!"

须藤没回头,就这么对正后方跟上的积极小组喊道。然而,比赛可不会那么单纯。

场面逐渐混乱得像战场,周边扬起了沙尘。

我以派不上用场也不至于碍事的程度靠着 B 班学生,熬过这个场面。

"可恶!到底是有几个人冲过来啦!"

须藤被三四个男学生压住身体,就算他力气再大也无法动弹。

另一方面,积极小组也没能攻破,在紧要的关头被对手彻底防守下来。

D 班的问题在于虽然有须藤这种突出的攻击力,除此之外其余人的攻击力都很一般。另一方面,B 班有许多学生拥有略高于平均值的力量。尤其不积极的我和博士没成为战力,D 班缺少进攻者也是必然的吧。

"不妙了，健！A班他们……那个叫山田的混血儿在我们这里闹得很夸张！"

"什么？"

他因为那句话而回头，便发现A班负责防守的红组杆子稍微开始斜倾。

C班好像有很多像须藤这种暴力……不对，这种武斗派的学生，似乎很轻松地在突破我方防守。要是让他们扭打的话，结局应该很明显吧。再说，假如被龙园命令进攻，他们拼死命也会去做吧。

虽然我们必须做点什么，但关键的须藤遭到四五人阻拦，他也无可奈何。须藤被完全地封住了行动。当然，光是对付这么多人，他也已经相当厉害了。

须藤拼命瞄准杆子行动时，哨声无情地响起。

结果，第一根杆子被白组先轻松拿下了。

"啊……可恶！你们在干什么！要拼死地上啊！"

须藤瞪着凄惨倒下的杆子，同时对没彻底进攻的D班泄愤。

"你这么说也没用啊……那些家伙可是相当强欸！痛痛……我都擦伤了。"

"那只是擦伤吧！你咬上去也好，用脚踢也好，反正要拼命上啊！真没用！"

我理解他的心情，不过以上无论哪一种，都是犯规一次就会被强行退场。

"被拿下一杆也没办法了呢，这次换我们好好防守吧。"

平田温柔地拍了拍须藤肩膀，在平息他的愤怒后，着手立起倒下的杆子。

"啧……绝对要守到底！你们听见没！"

"我、我知道啦！我会尽量的……"

"不是尽量，是要绝对死守！不管是一小时，还是两小时！"

要说 D 班学生不如其他班的地方，那就是合作与干劲这两项了吧。

包含我在内，除了部分学生，大多数人都没有霸气。

关于这点，刚才进行防守的 B 班，他们全班合作性与干劲都很高，是不可小觑的强敌。

"绫小路，你就算是死也别让杆子倒下！再怎么说你都是第二名！"

在之前测量握力的成绩中，我的成绩仅次须藤，因此我立刻被派去和他一起防守杆子。

既然我被使劲按住杆子的须藤盯着，我也不能贸然放水。

"怎么能就这样让他们轻易连胜，开什么玩笑！我要揍飞龙园那个混帐！"

话说回来，刚才第一根杆子的比赛里，攻击阵营里的龙园仅仅在观战。

虽然他就算自己不加入 C 班也占有优势，但须藤很讨厌他那样吧。

"C 班给我攻过来，C 班给我攻过来！"

须藤反复嘟哝道，老实说力量强的 C 班成群袭来，我们会很吃力。

就防守方而言，被 B 班进攻的话会比较轻松吧。

彼此准备好架势，即将开始第二根杆子的争夺赛。

"来了来了，他们来了！"

看来情况好像不如我的期待，变成了须藤期望的发展。

朝气蓬勃的 C 班学生开始攻击，并狠狠瞪了过来。

统合 C 班的领袖——龙园，也在后方无畏地笑着。

他就仿佛主持战场的军师，在比赛开始信号响起的同时下令突击。

那恐怕是很简单的指示。

畏惧恐怖统治的士兵在"弄倒它"这三个字的压力之下袭击而来。

与须藤体格相近、属于运动系社团的一群大块头男学生带头闯了进来。

涌上的学生不疾不徐地如人墙一般朝杆子逼近过来。

杆子周围的 D 班学生都发出了惨叫。在外围防守的学生很快就逐渐减少。

"站起来！抓住他们的脚，拖倒他们！"

对手的怒吼盖过了须藤胡乱喊出的激励声。

C班反复做出犯规边缘的肘击动作，不一会儿就杀进了主堡。A班的葛城等人也进军到快摸到杆子的位置，但是他们赶得上吗？

"咕！"

在我斜前方支撑竿子的须藤，发出这样的闷声。须藤眼前的人是混血儿山田。他的体格在须藤之上。我们班保护的杆子微微地倾斜。

"是谁打我肚子！"

看来有人混入这场混战，直接攻击了须藤。

而且好像还不是一两次，比赛中掺杂着痛苦与愤怒的声音。

然而，须藤必须双手按住杆子，他也无力反击。

他只能一边像乌龟那样屈着身体，一边死命忍耐。

"痛、痛欸！你这混蛋！"

尽管须藤只凭声音战斗，C班的动作也丝毫不见减弱。

须藤变得越来越痛苦，终于忍不住双膝跪地。我很想夸赞他就算这样也想保护竿子的斗志。

有个男生赤脚踩上早已疼痛难忍的须藤的背。

接着，他就像在站出来称王似的，用力踹了须藤一脚。

"啊！"

这是在极为拥挤的比赛中利用死角的残忍一击。

踢出这一脚的，不用说当然就是龙园。

"你这家伙！"

他又再次尝到仿佛要折断他背骨般的脚。

须藤因为这击倒地的同时，失去了他支撑的杆子也因此倒下，一口气扬起了沙尘。转眼就定出了胜负。

须藤就这样倒在地面上，怒瞪着踹他的对象——龙园。

"呼啊……呼啊……你这家伙……这可是犯规！"

"什么嘛，你在啊？我没注意到你欸。"

他这么说完，就毫无愧疚之色地离开了。虽然须藤很想追过去，但他背上的痛楚好像非常强烈，因此无法立刻站起。DA联盟尝到了大惨败。

"你的背没事吧？"

"唔……还可以吧……可恶、可恶！"

比起痛楚，他对于遭到不讲理的犯规一事更感到怒不可遏。

"那个装模作样的混蛋！下次看见他，我一定要把他打趴！"

"这样又会变成一场骚动哦，你打算重蹈覆辙吗？"

我是指须藤因与C班打架的骚动差点被学校处分的事。

况且，假如变成须藤主动挑衅，这次就真的会被惩罚了。

"那家伙可以，我就不行吗？你看看我背后的伤痕啊！"

"我懂你想说的，但那样应该会被视为比赛中的正常行为吧。"

龙园和须藤彼此想做的事都一样，不过手法上有压倒性的差异。

这次龙园是在沙尘飘扬、学生混杂的比赛中动手脚。总之，那家伙的动手时机和做法很高明。

"啊……真烦躁！我明明打算大获全胜的！"

他从对龙园的焦躁，转而对没出息的D班、A班露骨地挖苦。

A班学生也听得见那些话，因此部分学生瞪了他一眼。也有人想回嘴，但被葛城制止了。

"抱歉，我们没派上用场……"

"我们才要道歉，我们也没能顺利守住。下次再加油吧。"

只有葛城和平田冷静地接受了结果。我们暂时解散，回到了各自阵营里。

4

一年级男生连休息时间都没有，就要开始准备下一场竞赛——拔河。在此期间，一年级女生也在同时进行投球大赛。使用体力的团体竞赛接连举行。虽然我一开始不觉得，但这参赛顺序还真是相当累人。

"你觉得现在拉开了多少差距?"

"不知道。比赛才刚开始，就算知道也没用吧。"

"话是没错啦……输了就是输了，那些家伙现在应该领先一步了吧。"

须藤好像无法忍受败北，一边抖脚，一边观望着女生的比赛。

"如果女生能赢的话就好了呢……"

投球的胜负远看的话很难分清，因此情况不明朗。

我想是因为投球是场拉锯赛，所以战况好像相当危急。

不久比赛结束，负责的教师一面丢球，一面计算得分。

"共计五十四颗，赢的是红组。"

这么一来，男生没出息的倒杆结果，托女生的福抵销了。

"好，走喽!"

在得知获胜的消息后，很快裁判开始了拔河说明。

"你的背没事吗，健?"

"我的身体比普通人都还强壮一倍。再说就算很痛，也要参加比赛吧。"

尽管被人担心，须藤还是强而有力地站了起来。

拔河的规则和倒杆大赛相同，都极为简单。先拿下两回合的那方获胜。

"要是可以在拔河上反击，团体竞赛就会逆转了呢。而且拔河不是直接与对手接触的活动，对方也只能单靠力量决胜负。照理来说，C班也不能乱来。"

总是心系班里同学的平田前来搭话。须藤像在回应这句话似的点了点头。

"也是……正因如此，我们可不能输。"

单纯的力量与力量、智慧与智慧的碰撞。究竟哪方才会赢呢?

集合到操场正中央的四个班级分成了两组，各自分散成左右阵营。葛城一靠近平田，就和他说起了悄悄话。

"就按照商量好的战略一口气进攻，知道吗?"

"嗯，我知道。大家，各就各位。"

DA联盟在两名领袖的带领之下，如倒杆大赛那样思考着作战。在平田说出指示的同时，我们D班就散了开来，站到自己分配的位置上。

作战很简单，只用"按身高排列"而已。这么做，就可以平均施力。虽然这点也会被对手发现，但就算BC联盟想效仿，他们也无法在短时间内按个子高低排列。

然而在这之前，DA联盟出现了问题。与打算变更排列的 D 班不同，A 班将近一半的男生连动都不想动。

"葛城同学啊，我真希望你别老是自以为是地指挥呢。"

不知从何处传来这样的意见。

"……你什么意思啊，桥本？"

叫作桥本的学生往前站了一步。他把自己偏长的头发整理在后脑勺，是个气质超然的高大男生，虽然表情感觉很温柔，但露出鄙视对方般的眼神。

"就是字面上的意思。就是因为你，A 班现在气势才会急速下滑吧？你真的能断定这个作战可以赢吗？"

A 班学生直接对身为领袖的葛城提出异议。葛城也增强了警戒心，我不觉得这个叫桥本的学生只是一介小兵。

不过……这时机还真是奇怪。

当大部分人的目光都集中在葛城与桥本身上时，我回头看了看我方阵营，寻找坂柳。坂柳从一开始就以见习者身份观战，她一边看着我们，一边轻轻露出愉快的笑容。她就算离得很远，应该也知道男生正在起纠纷。但既然她正在笑，可以推测出制造这种情况的不是桥本，而是坂柳。虽然我想过我们班会被对手找碴，可是我没想到 A 班竟然起了内讧。她应该是要彻底击溃葛城吧。不过，这也太没效率了。这行动有别于龙园的恐怖行为，在某种意义上也很令人害怕。

"怎么样，葛城同学？这个作战真的能赢吗？"

即使面对伙伴的背叛，葛城也没乱了手脚，而是这么答道：

"D班学生也很不安，我们应该冷静地进行比赛。"

"这可不算回答……"

葛城打算平息骚动，但桥本等半数学生都不老实服从。

"葛城同学说要我们行动了，快点！别表现得这么不像样！"

在这种情况下，隶属葛城派的弥彦粗暴地说道，硬是让坂柳派的一名男生拿着绳子。

"你对我的指挥感到怀疑我也可以理解。但如果在此无谓地冲突，并且输掉的话，坂柳也会负有一定的责任，这样也无妨吗？"

"你还真是不懂呢，葛城同学。"

桥本噗哧一笑。担任裁判的教师打算劝戒我们动作快点，而靠了过来，桥本便站到指定位置上握住绳子。

"来，我们来比赛吧。就如你所说，让对手认为我们缺乏合作，也很令人气愤呢。"

A班的内讧好像暂且平息了下来。我也随后就位。

"A班的家伙们还真是杀气腾腾。"

"我超不放心的，他们果然只是书呆子。"

须藤就算只是在一旁看着，也可以知道A班异常的对立。

　　尽管如此，我们两班还是混合起来，按照个子从矮到高的顺序排列。最后方由对力量有绝对自信的须藤拉住。对照之下，由于BC联盟没有合作，所以他们以班级为单位，划分了开来。负责绳子前方的是B班，从第一排按照个子从高到矮顺序排列，采用与DA联盟完全相反的作战。不过，因为C班是乱序排列，因此队伍从正中央开始就很凌乱。虽然最尾端是由体格有一定程度的学生握住绳子……但还是怎么看都不协调。

　　"居然把体格高大的放到前面，不懂B班怎么想的呢。"

　　"不，也不能这么断言。因为这样的话拉绳的位置高，会比较有利呢。"

　　B班目的是——既然两班之间无法合作，那至少拉绳的位置上要占有优势。

　　"就算这样，我们也是占优势的。要上喽，各位！"

　　须藤喊道。比赛开始信号响起的同时，我们便开始拼命拉绳子。

　　"一二三！一二三！"

　　基本上算在合作的DA联盟，喊出了最普遍的口号，同时气势满满地拉着绳子。

　　一开始看起来平分秋色，但几秒后，情势就一口气倾向我们这方。

"喂喂喂喂！轻松轻松！"

不久，信号响起，宣告 DA 联盟获胜。

"好欸！看见没！喂！真狼狈！"

须藤反复咆哮。对于 BC 联盟败北的结果，B 班露骨地对 C 班摆出不满的表情。

"我们不合作可就糟了！毕竟对手很强。"

柴田代表 B 班向龙园搭话，但龙园完全不理睬他。

"好，你们换位置。矮子排前面。"

龙园命令乱哄哄的 C 班学生，按照从矮到高的顺序重新调整队形。队形变得有点像弓形。

他们好像不打算采纳 B 班意见，彻底自由发挥。柴田左右摇摇头，感到无语，随后激励了 B 班的伙伴，并握起绳子。

"我们得手了呢，那种队形是不可能赢的。"

"也不能这么断言。各位别松懈，下次可就不会像刚才那样了。"

包含须藤在内，葛城对他和周围的同学如此建议道。

"为什么啊？不是赢得很轻松吗？他们也不像我们这样按身高从矮到高来排列。"

池从容似的傻笑，一面握住了绳子。

葛城好像还想说下去，但中场休息结束，第二回合比赛即将开始。

"一二三！一二三！"

　DA 联盟就像第一回合那样拉绳。然而，手感却与刚才明显不同，我心里逐渐产生困惑。就算再怎么用力拉，位置都没改变。

　"喂，你们给我坚持下去。要是轻易输掉，我可就要动用私刑……"

　龙园漫不经心地警告道，绳子逐渐被施以强烈力道，拖了过去。

　这力量应该不是光凭一声号令就可以突然提升的吧。

　也就是说，这是因为龙园排列的弓形改变了力量传导方式。

　"唔咦咦！痛痛痛！"

　在后方握绳的池他们发出惨叫。

　我也没放水地用力拉，但这手感果然和刚才完全不同。

　拔河赛几乎势均力敌。胜负分晓的关键，应该就是意志差别了吧。

　渐渐被拖过去的 DA 联盟尝到了败北。正因为拿下第一回合，须藤认为第二回合的败因出在自己这方的学生而发出怒吼。

　"为什么和刚才不一样啊！是谁偷懒了吗？"

　他打算在同伴里寻找犯人。葛城见状，便立刻圆场。

　"冷静点。败因应该是对手采用其中一种正确的阵型。当然，我们这里有学生认为第二场也一定能赢而骄傲自大也是事实吧。这样一来你们应该也明白了。就算对方的团队合作七零八落，他们也是有战斗力的。请各位再次绷紧神经，并确认自己的站位。另外，你们可以在拉绳时，把它往斜上方拉。"

葛城一边传达精确的建议与指示，一边让所有人重新整队。他采取了短时间内能做到的最佳措施。另一方面，虽然敌对队伍两班之间没合作，但有班级的统合。B班一心集中在拔河上，在其后方待命的C班，则有龙园施以号令鼓舞着学生。

"以你们来说已经做得很好了。只要像刚才那样再拉一次就行。给那些深信自己能赢的垃圾们一点颜色瞧瞧。"

尽管龙园完全没传授具体的拔河技巧，但也顺利地引导了班级，这也算很厉害吧。

双方准备完毕后，最终决赛第三回合便拉开了序幕。我们进行第三次的口号。

"一二三！一二三！拉啊！"

这次和第二回合比赛一样，没有马上分出胜负。

"你们坚持住！这场拔河我们绝对要赢！"

大家像在呼应最尾端须藤的呐喊一般，合作拉着绳子。

"一二三！一二三！"

对方就算再强，拔河上的胜负应该也不是纯粹取决于力量。白旗开始微微靠向 DA 联盟这方。

"别松懈！再拉一次！拉啊啊啊啊！"

须藤全神贯注使出全力，比赛却以意想不到的形式落幕。

应该是到了关键的时刻，但绳子的手感却变得不可思议的轻，大家的身体于是重重往后倒下。我们停不下这股力道，以多米诺骨牌般倒下的形式定出了胜负。

以须藤为首，几乎所有学生都不知道发生了什么事，就这么倒在地上并表现出愤怒。从结果看来，这个情况显然是对方班级放手导致。

"你们在干吗啊！别开玩笑！"

B 班好像也对这状况始料未及，一部分学生也跌倒了。

不久，矛头便指向没一个人跌倒的班级……亦即龙园他们那边。

"我们只是因为觉得赢不了，才放手的呢。"

在最后关头，龙园他们 C 班好像同时放开了绳子。

"你们可以捡到垃圾般的胜利，真是太好了呢。能看见你们趴在地上的模样，还真有趣。"

尽管输了比赛，龙园却用比谁都更享受比赛的模样笑着。

"你这家伙！"

只是看见这种状况的话，无法知道谁才是赢家。

在最尾端的须藤一站起，就打算冲出去。不过，眼前的葛城急忙抓住了他的手臂，制止了他。

"住手，须藤。那也是龙园的作战策略，他的目的是惹我们生气，让我们消耗体力。再说，他或许也是想让我们引起暴力事件，借对手犯规来取胜。"

"可是！"

"对方做出的事，确实违反运动精神，但并不是犯规。"

葛城顺利控制住有点失控的须藤。A班真不是吹的呢。龙园似乎觉得继续挑衅无法得到自己想要的成果，于是转身离去。

"好，要撤退了，各位。"

C班迅速撤离。B班应该也很想抱怨吧。

"看来我们的运气好像不错，幸好没和C班编到一组。"

葛城松了口气说道，接着拍了拍须藤的肩膀。

"虽然赢了，但总觉得真不痛快。可恶！"

我能理解须藤发牢骚的心情。难得团体赛获胜，但胜利形式变成被龙园以高明手法泼冷水。我们才想乘上这股气势，心里却有疙瘩。这表示他们就算要输，也不会平白地输掉吧。

拔河结束，我们回到各自阵营的帐篷。

路途中，葛城接近了平田，开口谢罪。

"刚才很抱歉。我无法统率班级，那是我的失误。"

"你完全不用介意。而且我也觉得我们第二回合大意了。对吧？"

平田向我征询同意，我于是点了点头。

"想不到 A 班也很辛苦。"

"……嗯。"

葛城好像不太想说出内情。他没有否定，但也没深入回答。唯一确定的，就是他被迫处在很艰苦的立场。

另一方面，须藤他们则把注意力集中到下一场比赛。

"接着是障碍赛。我会把留下窝囊成绩的家伙们全部打趴。"

"天呐，为什么就非得被打趴啊？"

"因为我是领袖，我必须鞭策那些表现差的人。这可是很辛苦的。"

谁都没期盼那种领袖，但我们也无法反抗须藤。

"我估且先问一下……所谓的窝囊成绩，是指？"

"还用说吗？除了前三名，我都不认可。"

"好严苛！"

5

"呼啊、呼啊……我拼命跑了，但只有第六名！健、健还没比赛吗？呼……"

池跪倒在地，同时大口喘气。他应该很害怕须藤回来。

"那家伙能不能拿个第四名啊……"

我不是不了解他想这么祈祷的心情。因为万一须藤没得奖，他再怎么说也不会制裁别人了呢。须藤是最后一场障碍赛。

"绫小路，你跑了第几名？你要受死刑吗？"

"勉强第三名。"

"唔……真的假的，你居然被编组所救……"

接受须藤的闹剧……不对，是接受他的制裁也很麻烦呢。

"须藤同学碰上柴田同学了呢。"

"嗯，是啊。"

柴田在须藤附近简单暖身，蓄势待发。真是来了个强敌呢。

"什么啊啊啊！健那家伙又跟野村和铃木同组了！真狡猾！"

然而，池看了眼须藤的比赛对象，也同样发现了除了柴田以外的对手，对这幸运的编组打从心底不甘心。

连续撞上即使在 C 班中运动神经也特别差的两人，确实很幸运。除此之外的 A 班学生也是程度普通，这样须藤得奖就几乎没有悬念了吧。

虽然我懂他想哀叹的心情，但唯有柴田另当别论。如果是传闻中 B 班脚程最快的柴田，他无疑会与须藤争夺第一名。他在至今的两项比赛上也都拿了第一名。

"你觉得谁会赢?"

我对很了解柴田的平田寻求意见。

"不知道欸。我很了解柴田同学的脚程速度，我想他不会轻易输掉。如果是单纯的无障碍比赛，我甚至觉得会是柴田同学赢……但须藤同学在练习时也轻松跨越了障碍物呢，所以感觉会是一场非常棒的比赛哦。"

就熟知两人的平田看来，他也无法断言谁会胜出。

身为当事人的须藤，丝毫不认为自己会输。如果那份傲慢不会害他被乘虚而入就好。当事人不顾我的担心，从容地等待信号。前面的跑者们跑完，最终比赛拉开了序幕。

须藤和柴田几乎同时完美起跑，前往最初的障碍物——平衡木。虽然须藤个子很高，体格也很魁梧，却比任何人都还快地走过了平衡木。动作可见其平衡感之好。第二名是柴田。尽管迟了一些，但他也安全走过了平衡木。他随后跑一小段距离，便开始钻起铺在操场上的网子。面对只顾前方、如猛兽般前进的须藤，柴田开心地追逐着他。最后的障碍物——僧侣袋，就是把双脚放入现在的"布袋"中接着往前跳。须藤在此也是与体格不相称地灵巧活动，但从背后追来的柴田却缩短了距离。

"这是今天最激烈的比赛呢。"

两人的体能不分轩轾，但只有其中一方才能胜出。柴田至今都保持一定距离跟着，须藤发现他的存在，首次表露出了焦躁。他恐怕也听见了背后的跳跃声吧。但也因为在最初阶段领先了，须藤与他大约有一米的距离，顺利地第一个冲过终点线。好像也因为他拼尽全力比赛，就算从远处看，也可以知道须藤上下起伏肩膀喘着气。

须藤和柴田的跑步能力几乎不相上下。不，单论跑步能力，或许就如平田所说，是柴田比较占上风。根据比赛或时机不同，须藤应该也不能说是无敌的吧。

不管怎么样，这么一来须藤就威风凛凛地连拿了三个第一名。

须藤威风凛凛地归来，对畏缩的池态度强硬。

"喂，我可是看见喽，宽治。你这家伙是第六名，对吧？"

"你、你刚才的第一名也很惊险吧！这样就扯平了吧！"

这完全不能算扯平。池因为多嘴，尝到了须藤的固定技。

"我可是拿了第一名。柴田那家伙的速度也相当快呢，不过我击败了他。"

击败连拿两次第一的柴田，对瞄准年级第一的须藤来说，是很好的发展趋势。

6

我们没时间慢慢来，就进入了两人三脚的准备。

另一方面，女生障碍赛从第一组开始就风波不断。

堀北为了挽回刚才的失败而上前挑战，但一开始就被 C 班的两人甩开。

"这情景刚才也见过。"

"她好像又和矢岛同学、木下同学同组了呢。"

堀北不止是运动，她在课业等各种事上都拥有很高的潜能。即使如此，要赢过特别训练过的人也很不容易。比赛一开始，木下便飞奔而出。她最先踩上平衡木，把后续追来的对手远远甩开。紧随其后的是矢岛。开局形式变成堀北在追赶她。不同于单纯考验跑步能力的一百米赛跑或是跨栏，多亏障碍赛有加入各种不确定要素，差距才没有拉大。堀北走完平衡木后，几乎把距离缩短至并排的状态。

"这次似乎有机会欸。"

须藤也在一旁替堀北加油，他边用力握紧拳头边看着堀北的情况。堀北钻出网子时终于超过了她。但木下也跑得很快。她在障碍物之间的短距离内拉近了距离，再次跃居第二名。

　　矢岛第一名的名次应该不会动摇。堀北为了拿下第二名而全力奔跑。堀北在快抵达跳布袋前，与有点失去平衡的木下拉近距离。超过她之后就全力奔跑，甩开了对手。其差距应该是一两秒吧。

　　堀北全速跑最后的五十米。然而，她好像很在意从身后逼近的木下，频频小幅回头瞄了对方好几次。那使得她速度降低，堀北再次和木下并肩而行。下个瞬间，为了超前而奔跑着的堀北与追上来的木下缠在一块似的一起摔倒。

　　"唔！情况好像变得很糟糕！"

　　虽然距离太遥远，不知道是谁去撞对方，但看起来是比赛造成的纠纷。两人在爬起来的时候不断地被对手超越，名次一口气就掉到后面了。她们无法立刻爬起，彼此都在尘土中拼命挣扎着站了起来。尽管堀北勉强可以继续比赛，但那个意外影响到了最后，她以始料未及的第七名结束比赛。另一个跌倒的木下，她的脚好像相当疼痛，因为无法继续比赛，而以最后一名告终。堀北被大家寄予厚望，这大概会留下遗憾吧。这样堀北就是第一名、第三名、第七名了吧。唯独这次比赛，我们只能把它当成不走运的事件。

　　"……"

　　"怎么啦，绫小路同学？"

　　"如果下次也同样发生'巧合'，或许就无法称之为

'巧合'了呢。"

我对平田提及刚才没对他说的事。

"你果然也这么想吗？我觉得现在其他学生大概也开始一点一点察觉到了吧。但是变成这样，也就代表——情况正往不好的方向发展呢。"

很遗憾，但他的理解是对的。

"万一出现察觉这点的学生，到时可以麻烦你安抚他们吗？"

"当然呀，因为那也是我的职责。难道我们就没什么可以逆转局势的办法吗？"

"要是有就好了呢。"

我对平静接受此事的平田感到放心，接着前往那个看起来很不高兴的少女身边。

结束障碍赛归来的堀北神情凝重。

从她明显感受得到异样感的走路方式与举止，情况一目了然。

"痛吗？"

"……一点点而已，不至于对比赛造成影响，我稍微休息下就没事。"

虽然这般逞强，但她现在的样子看起来连坐下都难。

我怀着惹她生气的觉悟，轻轻摸了摸感觉她受伤的地方。

"唔！"

"这种伤休息下真的就能没事吗？"

"别随便碰我。还有你别管我，我只要忍忍就好。"

被寄予厚望的人，在这种时候就会很痛苦呢。何况，如果是堀北这种自诩会拿出成果的人，就更是如此。

"唉，毕竟退出比赛的话，分数就没了呢。我理解你想硬撑下去的想法。"

我才在想她是不是会瞪引起疼痛的我，她却说出了完全不一样的话。

"比起这个，让我不高兴的是那个女生。她根本就是恶意碰撞。"

"你的意思是？"

"她跑在我后面，边跑边喊了好几次我的名字。"

所以她才会在比赛中不时回头啊。

"再怎么样我也觉得那很奇怪。但是回头之后，她马上就来撞我的身体，然后就如你看见的那副狼狈样。我也想过要抗议，毕竟一般撞在一起根本就不会喊什么名字。"

确实，很有可能是对方突袭害她跌倒。

"真是一点也不走运……比赛明明刚进行到中间阶段……"

以全校来看的话，就我所知道的，堀北应该是第三名伤患了吧。

二年级一名学生在赛跑途中跌倒，因为脚伤得很严重，而退出了比赛，但那名高年级学生的状况只是单纯的事故，因此没被视为问题。

"与其担心我，你应该担心你自己。你成绩比我差吧？"

堀北拿下第一名、第三名，以及因为碰撞事故得到的第七名，成绩是三十分。我则是二十七分。我与她确实有差距，输给她也是事实。

"我会竭尽全力去比。不过，你也别勉强自己。"

"我就算用爬的也打算参加比赛。"

我被留下这句话的堀北赶走，所以就去做下场两人三脚比赛的准备。

"堀北同学的情况如何？"

平田远远地确认情况，关心地前来搭话。

"好像蛮严重的，感觉会影响到之后的比赛。"

"真是很艰难呢。"

我们互绑绳子，同时重复简短对话。

不久，一年级男生的两人三脚开始。每个小组陆续起跑。

这场体育祭因为学校规范的管理，比赛进行得很顺利，没有浪费时间。与行程表上的预定时间几乎一样。

两人三脚必然会两人一组，因此一趟四个小组。

我们前一组起跑的须藤囤积着愤怒值，用力向前飞奔。

须藤的队友是池。正常想的话，这组合看起来很不搭调，风险似乎很高，但采取某种方法，这组合就可以转为胜利。

"哇啊啊啊啊！"

池在比赛中发出惨叫。看来须藤第一步就爆发出招式。在一定意义上，那是两人三脚的终极必胜法。须藤以半抬起池的状态全力向前一阵猛冲。虽然在某种意义上近似犯规，但乍看之下算勉强维持两人三脚。须藤强行支撑着池，同时成功夺得第一名。

"正因为状况艰苦，须藤同学非常可靠呢。"

虽然身为队友的池很可怜，但他拿得到第一名应该就可以满足了吧。

"确实很可靠。但就取胜条件来说，只有须藤根本不够。"

要是无法控制那家伙，他仍是会伤及我们自己的双刃剑。

"我们也跟上须藤同学吧。"

平田在说出这句话的同时起跑。幸好，同组的其他成员中没有厉害的对手。也因为搭档的契合度很好，我们和须藤相同，以第一名结束了比赛。

这样谁都不会有怨言了吧。

"呀！平田同学好帅！"

不过，女生对平田的欢呼声好刺耳……

接着，女生的两人三脚也开始了。第二组的堀北、栉田队开始准备。

这组合是稍学会让步的堀北，以及怀有忍让对方之心的栉田。虽然关系本身非常糟糕，但利害关系一致都是取胜，因此应该没问题。

现在正是发挥练习成果之时。

她们看起来没有交谈，淡然地进行准备。

就知道内情的我来看，这组合实在很奇妙，但从其他D班学生的立场来看，这大概是班上最令人放心的组合。

起跑是第二名，状况良好。大家对这不错的起跑发出欢呼声。

"上啊！铃音！"

拿了第一名的须藤得意忘形，用违反约定的名字这么喊道，不过那并没传到堀北耳里，因此算安全吧。可是堀北马上就降下速度，名次渐渐往后掉。

回过神来，第一名是A班女生。那是与堀北拥有相同气质的美女组合。其后则有第二名含矢岛在内的C班追赶着。

"样子有点奇怪欸。"

"啊？你在指什么啊？"

声援比赛的须藤没回头，就这么追问道。

"哎呀……我刚才是在想堀北的动作很僵硬。"

"……经你这么一说，确实是这样。"

堀北练习时经常强行拉着对方，正式比赛上看起来却是被栉田引导。看来脚部的疼痛果然大有影响。

虽然与搭档是栉田也有关系，但堀北在障碍赛跌倒时，脚伤似乎相当严重。

尽管她看起来拼命想提升速度，但身体跟不上。

别说是缩短与第一、第二名之间的差距，她们还逐渐被拉开，最后一名的B班逼近而来。

两人为了不输掉比赛，好像决定切换到能甩开对手的跑道。目的是挡在B班前方，妨碍她们前进的道路吧。

B班也不服输地尝试超前，但她们的速度几乎相同，因此不太顺利。

观众对激烈的第三名争夺战也发出了声援。堀北她们分神去阻挡对手道路，一瞬间被对方钻了空子，不小心让B班逆转。

"好可惜!"

虽然跑得很拼命，但结果还是最后一名。备受期待的胜利再次远去。

7

进入十分钟的休息时间，大家有的去洗手间，有的去补充水分。堀北说自己要去保健室拿纱布，就往校内走去。虽然说是杯水车薪，但总比什么都不做好吧。

我决定哪儿也不去，留在自家阵营观察其他班的情况。就算只是远远地观察，也可能获得种种消息。A班果然马上就有了新情况。

葛城和坂柳之间的别扭关系浮现出来。从远处都能看出A班分为了两派。双方互不搭理对方，几乎没有接触的迹象。

班上有两个人当领袖，这本身绝不奇怪。我们班也是以平田为首，同时还有轻井泽或栉田，而这次则由须藤带领班级。

虽然每次都反复变化，但即使如此，班上还是在某种程度上团结一致。内部还没分裂到互相仇视的地步。

然而，我知道A班是露骨地互相敌对。这是在至今考试上看不出来，无法只凭点数增减判断的事实。

"亏他们可以分裂到这么夸张的境界呢。"

坂柳派果然人数较多。

不久，从洗手间回来的平田走到我身边，我决定向他搭话。

"欸，坂柳是怎样的学生啊？"

"绫小路同学，你果然也对她很好奇啊。"

"听说她是与葛城对等，或更胜于他的领袖，谁都会好奇吧。"

我不懂的是坂柳这名少女的想法，以及她的状态。

关于这次体育祭，她没提出任何要求，只是贯彻了沉默，然而却做出了妨碍葛城般的举动。那不是其他班之间的竞争，而是班级里的斗争。她甚至好像认为若是为了击败葛城，就算失去点数也无所谓。

为了掌握班级实权而敌对，当然也是有可能。不过一般来想，敌人的敌人就是伙伴。为了不输给其他班而携手合作才比较明智吧。

"她待人接物有礼，给人印象很好，而且也很乖巧，所以我没觉得特别奇怪。其他班学生应该也一样吧。但她在 A 班里好像不一样呢，听说她很具攻击性且冷酷。"

对方当然有我们所不知的一面，但也不能全盘接受敌对阵营的说词。因为我并没有与她直接说过话。

况且，这场体育祭对她而言，无疑是场无法做过多干涉的考试。既然她身体不便，也许没打算采取显眼的行动。

"这次应该不用提防 A 班吧，毕竟他们是伙伴呢。"

"是啊。"

毕竟互扯后腿没有好处。起码他们应该不会妨碍 D 班。另一方面，处于敌对阵营的 C 班又如何呢？我望向对面阵营。男学生们以龙园为中心，仿佛追随国王似的集结成群。他是目前以最奇特的战略在战斗的男人。

他在这场体育祭上采用攻击其他班精神的作战方式，让人蒙受打击。须藤深受其害。除此之外，也有好几项战略般的东西若隐若现。

而最后，不仅面对来自强敌 A 班的压力，而且与随时可能背叛的 C 班组队的 B 组，他们的情况又怎么样呢？一之濑他们总是开朗、正面地行动，堂堂正正地战斗。从表面上看，感觉并无异常。因为每个学生都不断地用肢体语言与笑容表达出他们打从心底在享受体育祭。

8

不久休息时间结束，比赛顺序暂时颠倒过来，由女生骑马打仗揭开了序幕。所有一年级女生都集中在操场中央。当然，这也是 DA 联盟、BC 联盟之间的对决。

骑马打仗的规则男女皆同，采用限时方式。比赛机制是按照三分钟期间打倒的敌方马数、留下的同伴马数来获得分数。马是四人一组，各班将选出四匹马，变成八对八的形式（因此部分多出的学生会作为候补、预备人选）。每匹马是五十分，而每班各有一匹作为主帅骑士的马，是一百分。活下来既有分数入账，夺取对手头巾也会得到同等分数。如果拥有以一敌百的力量，要一次获得四五百分也不是不可能。堀北担任了 D 班骑士，支撑下方的是石崎、小宫、近藤，战力还算不错。其他骑士则是轻井泽、栉田和森。

问题大概是森那组是不擅长运动的学生所构成的马。

要是被盯上的话，可能会率先被击败。她们好像展开这样的作战——刻意把那组脆弱的马设成主将，不让她们去参加战斗，以三匹马保护主将的形式围住她们。

C班与B班学生在比赛信号响起的同时，静静地缩短距离。

其中最充满干劲的，果然是C班的伊吹。担任骑士角色的伊吹，毫不犹豫地下达指示，朝着堀北前进。不对，不仅是伊吹。

"喂喂喂，那是怎样啊！"

看着比赛的池如此喊道，我立刻感觉到我身旁的须藤咬牙切齿。

C班完全不理另一个敌人A班，也完全不看D班主将或者其他马，只包围住堀北的马。目的也太明显了。

四匹马袭向堀北。她们的战略是逐一击破吗？抑或是认为只要击败堀北就好了呢？如果是龙园在指挥的话，什么都有可能。

在寡不敌众的状况下，我们期待的是帮手A班，然而A班好像在坐等渔翁得利，只进行牵制，丝毫没打算参战。

"那明显是在针对堀北欸。"

"可恶……那是龙园的指示吧！那个白痴废渣！"

"哎，没办法吧。堀北正作为统合D班的人物广为流传。"

擒贼先擒王的重要性，不管在战争还是比赛上都是一样的。龙园的手段不算是不好。

看见这情况最先行动的，是轻井泽率领的马，她们打算赶去救援。在中间支撑轻井泽的筱原向前奔跑。然而，阻挡她们去路的却是 B 班的主将马——一之濑。不同于 A 班，B 班确实辅助了独断行动的 C 班。轻井泽碰上了一之濑，先动手的是轻井泽她们。

那也是必然的吧。要去帮正被盯上的堀北，就必须速速解决对方。

支撑轻井泽的三名女生没有突出的运动神经。她们的马完全是以关系要好的朋友组成，并以团队合作为核心。对比之下，一之濑则安排了 B 班里屈指可数的实力者。她们丝毫不怕轻井泽进攻，以凌驾其上的轻快动作回避攻击。

但另一方面，可以直接进攻的一之濑动作没那么敏捷。面对她的攻击，轻井泽勉强顺利应对。团结力 VS 机动力的比赛，呈现出意外的拖延状况。

"真是场精彩的比赛！"

在场面情绪高涨之时，除了僵持不下的两匹马，情况也开始出现变化。

欢呼声四起。在我看着轻井泽她们行动期间，一匹马的头巾被敌人给夺走了。果然是堀北。她被四匹马同时猛攻，无法彻底避开那些纠缠不休的攻击，于是被击

沉了。她好像相当夸张地摔下来，倒在地上不甘心地试图撑起上半身。然而，若是刚才那种状态，即使是须藤也没胜算吧。败因在于 A 班没立刻赶来救援。

无论如何，过去的事都木已成舟。以堀北的败北为开端，比赛开始混战。缺一匹马的 D 班受到 B 班追击，结果眨眼间合作就乱了套，轻井泽以外的两匹马即使抵抗也依旧落马，或是被夺走头巾，徒劳无功地脱了队。

轻井泽与一之濑展开互相抗衡的战斗，虽说是一瞬间的事，但轻井泽面对八对一的场面，就在最后眼看要掉下去的那一刻，抱着同归于尽的觉悟，成功从 B 班其他马上抢下头巾，并通过互相攻击成功决出胜负。尽管失去一匹马，C 班与 B 班还是袭向剩下的 A 班，把她们全灭了。相反地，对手队伍仅仅损失了两匹马，大获全胜。

堀北忍住心中不甘，返回阵营。须藤立刻上前搭话。

"你别在意，刚才那是没办法的事。都怪其他家伙太晚掩护你。"

"……我确实是输了。而且，我还被对方的气势镇住。"

C 班确实传来了无论如何都要弄倒堀北的马的那种气势。

我刚才也想过，不管是哪匹马都敌不过四对一的局面吧。

"交给我吧，我一定会连你的份一起大闹一场。"

须藤耍帅地这么说道。平时堀北理都不会理这句话，但现在好像也稍微打动了她脆弱的心灵。

"就让我期待一下吧。"

虽然很简短，但她回应了须藤。

"好，走啦！各位！"

须藤喊道。男生的骑马打仗即将开始。我作为马的角色负责右方，须藤在正中央站稳，左方是三宅，骑士则是平田——我们算是班级里最强的马。

这是假如同伴的马被打败，也拥有获胜可能的以一敌百型。

"喂，平田。你只要集中精力不被抢走头巾，还有别掉下来。"

"……也就是说，要使用上次那个作战，对吧？"

"我们可是在倒杆大赛上被狠狠打败了。我们这次要毫不留情地去取胜。"

虽然看不见表情，但我只知道须藤冷冷地笑了。他的计划是使用课堂上练过好几次的那招，以歼灭敌人为目标吧。

"不过，能不能也让我提个建议呢？看了刚才女生的比赛，我想到一个获胜方法。我也已经告诉了葛城同学。因为被逐一击破会很难受呢。"

比赛开始信号响起，D班的马在平田指示下，全部都和A班马队会合，通过混入A班形成更大的团体。虽然在女生比赛上A班曾对遭受袭击的D班见死不救，不过A班也不想输吧。

担任C班主将的龙园见状，便无畏地笑了出来。

八匹DA联盟的马在葛城的号令下往对手队伍突击。

"目标是可恶的龙园一人的脑袋！冲啊！"

整个运动场转眼间开始比赛，这情况下平田的马——须藤全力飞奔而出。面对这可以理解成是半失控的状态，B班骑士挡住了我们的去路。然而……

"别碍事！"

须藤没有停下，而是整个身体冲撞敌方骑士，破坏其平衡。

"唔哇！"

对方在体格上输给须藤，因而束手无策地连人带马摔落。

"怎么样啊！喂！"

他如野兽一般俯视对方，接着转移到下一个猎物。好像有些比赛撞人也会被当作犯规，但我们已经向学校确认过，这场比赛中撞人不算犯规。

以开幕时的强烈印象，使对手队伍感到害怕。若不具备体格与性格，这方案便无法实现。

　　然而，这个强攻方案也有缺点。即使让骑士摔落，这也不会被视为夺下头巾，而会被当成自杀举动。本来应得的五十点，将会无法拿到。即使如此，如果去抢夺头巾，我们也会背负相应风险。就有须藤作风的作战来说，这应该是可行的，但我们还不能大意。B班有加入神崎、柴田，有效运用机动力的主将马，C班则留有把龙园安排在骑士，下方集中以腕力为傲的力量型的主将马。只要不打倒这两匹马，DA联盟就没胜算。龙园的想法也很难预测，令人毛骨悚然。

　　"须藤同学，先从周围的人开始吧！龙园同学最后再来！"

　　"什么？别说那种没志气的话啦！目标是主将的脑袋！"

　　我也不是不理解须藤，但挡在龙园前的人墙很厚。

　　"要是在这里冲昏头，就会正中他的下怀！为了赢到最后，我们一步步来吧！"

　　"啧！"

　　C班两组马袭来我们面前。

　　尽管心里有被他狠踩的怨恨，但须藤还是使劲忍住想袭击龙园的想法。

　　"好啦，先把这些家伙打垮就行了吧！"

　　要打倒这些对手必须让须藤集中精神。平田顺利地控制住了他。

虽然倒杆大赛上我们因压倒性的力量差距输掉，但这次情况可不一样。须藤击溃了 B 班与 C 班加起来共三匹马，展现了压倒性的力量。葛城他们就像乘上了这股气势一般，尽管失去了三匹马，他们也成功讨伐了柴田、神崎的马匹。

敌人残存的就只有主帅马——龙园。另一方面，我们这队除了平田、葛城这两匹马存活下来，D 班还有另一匹马存活了下来。

"喂喂喂，这可是三对一。我们要拿下这场比赛了!"

葛城和平田互使眼色，两匹马包围了龙园。另一匹马也在稍远处盯准了龙园。从龙园抢下一条头巾看来，这也可以在一定程度上推测他的马匹实力，但即使如此，应该也是寡不敌众。

但龙园却不慌不忙、不为所动，看起来就像在享受这穷途末路的状况。

他既没大意轻敌，也没认为自己已经输了。假如平田、葛城同时上前，最坏的情况也是一匹马被打倒，另一匹夺走龙园的头巾。这样就一定会赢了吧。

正因为这种情况，龙园才会趁机攻击对手的内心。

"我记住你的名字了，须藤。你刚才被我踩，好像很痛苦呢。"

"要讲给你讲，我现在就去把你打倒。"

"区区一个马脚，还真是自以为是。俯视马的感觉还真是不错。"

"嘿，骑在马上的未必就了不起。"

"哦……既然如此，假如不来个单挑，就没意义了呢。"

"啊？"

"哎呀，你如果要说不二对一就赢不了我也没办法。不过，所谓'胜利'只有单挑才有意义。难不成你以为靠夹击就能赢吗？"

"你说什么？"

"不行哦，须藤同学。要是中他的圈套，可不行。我们和葛城同学合作吧。"

"……我知道啦。"

"不懂的人是你，须藤。你之前好像替我关照过这些家伙，当时你也使出了卑鄙手段吧？毕竟你无法从正面击败我的伙伴呢。"

支撑龙园身体的部分马匹，同样也是和须藤引起问题的那些篮球社员。

"别开玩笑，那些家伙可是不会打架的废物。"

"你明明就没证据，还真强硬啊，喂。如果不是这样就来单挑啊。要是你单挑可以打败我，要我磕头道歉都没问题。"

"那就一言为定！你别忘了刚才的话，龙园！听见了吧，葛城，绝对不要出手！"

"你在说什么，错失这个机会可是愚蠢的行为。我们应该一起夹击打败他。"

"你出手的话，我就会弄倒你的马。"

看来他已经中了龙园的粗劣挑衅，脑中只有单挑了。

龙园很了解须藤原本就容易和人吵架、强硬的性格。

"你无论如何都要一对一是吧，须藤同学……既然要比，我们就一定要赢。"

平田也很清楚须藤的个性与行动。一旦切换至生气模式，就不太能恢复冷静。平田好像觉得继续说服他也没用，于是同意了单挑。

"当然。你绝对不要被抢走头巾哦，平田！"

马匹因为须藤的强势信号向前冲。葛城露出无可奈何的表情，但还是决定观望战局。他觉得须藤虽然是同伴，但如果自己贸然出手还是会攻击过来。

须藤冲入敌营，用身体撞。然而，对手的马却纹丝不动，用力地站稳。力量不分上下。

龙园的马匹，中心就是传闻中的混血儿——山田。他的魄力惊人，力量就如传言一般强壮。

须藤哑了嘴。那是对于无法蛮干到底的焦躁吧。支撑在平田两侧的我和三宅，当然无法发挥须藤那种水准的实力。假设须藤的实力是十，我们俩就是五。对照之下，龙园的马中混血儿山田九或十，其余的人七或八的这种强敌。

"真有趣，欸欸欸，来啊。你力气是不是输给我们了？"

挑衅平田的龙园没有先动手，而是招了招手。

龙园在至今的比赛中，也因为分组的缘故，个人竞赛上全都是第一名，运动神经不错。

他巧妙回避平田伸去的手，同时观察着我们的情况。

就我边支撑平田，边观察与龙园的攻防看来，双方的实力几乎旗鼓相当，哪一方胜出都不奇怪。可是龙园语气本身很挑衅，却没看见他做出徒劳的进攻。他以平田进攻三次、自己进攻一次的比例保留体力。总之，这场对战对他而言只是胜利的必经过程，他正在对后方等着的葛城等人保留体力。他完全不打算输掉。那么，我们就必须攻其不备。只要反复攻击，也会有机会。

"还没得手吗？平田！"

须藤独自应付从对方马匹接受到的大部分攻击，发出痛苦的声音。

"还差一点！"

平田掺杂假动作，同时伸出手臂。他的手臂总算抓住了龙园的头巾，但他抓住的只是前端几厘米。平田拼命把头巾拉近手边。

"唔！"

平田确实抓住了头巾，但还不至于夺下，头巾于是从他手上溜走。

"你在干吗啊！平田！赶紧拿下啊！我耗了相当多的体力欸！"

"抱歉……手滑了一下！"

虽然须藤气喘吁吁，但他还是再次瞄准攻击。龙园则无畏地等着他。

有别于龙园目前都还没做出像样的攻击，一直在进攻的平田已经开始气喘吁吁了。

"怎么啦，你们就这种程度吗？"

"唔！抱歉，须藤同学，先撤退一下！"

我们遵从这么喊着的平田，先保持了一段距离。激烈进攻的我方，与几乎在原地不动的龙园，两方的体力消耗不同。龙园甚至计划在打倒我们之后与葛城之间的战斗吧。

须藤的膝盖开始颤抖，气喘如牛地重整架式。

"接下来……就是最后了，平田。你绝对要夺下！"

"……我知道了，我一定会办到。"

平田也稍微平稳呼吸，专注于夺取龙园的头巾。

"接招！"

他挤出最后的力量，整个身体撞上去，但对手的马依旧不至于倒下。我们再次进入骑士之间的对决。但是，平田预计对手不会攻过来，于是下了赌注，并且毫无防备地伸出了手。

背负该风险产生了相应价值。

"拿到了！"

那只手臂笔直、光明正大地伸了出去。平田又成功地握住了头巾。然而，头巾却再次从手上溜了出去。

"什么！"

平田的姿势变得毫无防备。龙园没错过这个机会，一把抓住他的头巾，强而有力地一拉，头巾便轻易地从头上脱落下来。须藤在感受败北的同时垮下膝盖，平田便从马上摔了下来。

平田的头巾被高高揭起。裁判下达警告，要我们立刻下场。

"可恶！"

狂暴的须藤一边站起，一边怒瞪龙园。

可是，待着不动也不知道会受到怎样的劝戒。我推着须藤的背，走向外面。

"真可惜欸。"

龙园留下这样一句嘲笑。

现在接受败北还太早。留下来的 A 班葛城——主帅马，勇敢地挑战了龙园。担任马头的葛城对身为骑士的弥彦下达指示，做出彻底的顽抗。因为须藤撤退，D 班剩余的一匹马也加入战局，实现了二对一。

不过，比赛状况就和平田一样，以为就要拿下头巾却抓不着的类似发展。最后，弥彦和 D 班都被抢走了头巾。

龙园展现出压倒性的实力，存活到了最后。

比赛结束信号响起，龙园就拿掉自己的头巾甩了起来，彰显他的胜利。他那样不断重复的挑衅行为，应该也是战略之一吧。

"我一点都不想输给他！你振作一点啊！平田！"

正因唯独不想输给龙园，须藤的挫折感达到了今日最高点。

就算他现在开始抓狂，把场面弄得一团乱都不奇怪。

"抱歉，须藤同学。因为头巾湿得很奇怪，我才拉不下来。我还以为那铁定是汗水，但总觉得有点奇怪……"

平田这么说完，就把手伸来给我们看。我用指尖摸了摸，发现上面附着有点黏性的透明液体。

"这不是汗呢。"

"也就是说，那个混蛋……"

亲自用指尖触摸确认的须藤，立刻逼近了龙园。

"喂，这是犯规吧，你这家伙！你在头巾上抹了什么吧！"

面对须藤的吼叫，龙园一点也不心虚，而堂堂正正地说道：

"啊？才没有。倘若真是如此，那应该也是发蜡吧。丧家犬真会吠欤。"

他断言那应该是绑头巾时从头发上沾到的。

不知道是他在胜利同时挥舞头巾的影响，还是他已经在地上擦过，龙园手上拿的头巾已经没那么湿漉，只是有些被弄脏而已。证据好像已经被销毁了。

"须藤，在这里会造成骚动。我认为先回帐篷会比较好。"

我可以看见裁判明显在瞪着我们。就算引起骚动，我们大概也拿不出龙园涂了东西的证据，我想实际上他应该也是使用了发蜡。若非如此，他应该不会使出有风险的犯规招数。

"我知道啦！话说回来，绫小路你也是战犯！给我撑稳一点啦！"

回帐篷后，须藤也没有恢复冷静的迹象。

我们暂时让他自己一个人独处，而保持了一段距离。

我和平田从骑马打仗归来。前来向我搭话的是轻井泽。

"欸，清隆。情况好像很糟欤。"

"你指什么？话说，你为什么要直呼我的名字啊。"

"没有为什么……我都叫平田为洋介同学，所以就姑且这么叫你了。"

但她为何要直呼我的名字呢？连"同学"二字都没加上。应该单纯是把我看得比平田还不如吧。

我不需想得这么深入……应该就是这样。

"话说回来，堀北同学好像从刚才就陷入了相当艰难的苦战欸。她在刚才的骑马打仗中也相当狼狈，就算想掩护她也没办法。"

"是啊。"

堀北在竞赛上受尽折磨，不仅是团体赛，整体名次也大幅落后。其理由显而易见。她在障碍赛右脚受了伤。一般人的话都会弃权，但那样 D 班应该又会大幅倒退了。

"唉，我也不是打算责备她，是对手太强大了。"

就如轻井泽所言，那不是堀北的错。棘手的对手全让她碰上了。不论是哪项竞赛，让她和社团里数一数二的学生比赛，再怎么说都很难取胜。

这种状况真不能用偶然来解释。

"那也是难怪，因为她完全被盯上了呢。"

"你说被盯上，意思是她碰上一群厉害的人不是出自偶然？"

"也只能那么想了。你也知道那家伙的运动神经有多好吧。"

并不是堀北不好，只是她的竞争对手更胜一筹。

　　然而，不论在敌我之间，连续拿下靠后的名次应该都会显眼得不得了。

　　尤其堀北开始受人瞩目，所以更是如此。

　　她在骑马打仗上也是最先被盯上，那根本就是被敌人刻意围攻。

　　下指示的人恐怕就是……

　　在对面阵营表现得像个国王的龙园翔。除了那名男人之外，别无他人。

　　比起让C班赢，那家伙只想着怎样打击堀北。

　　"那就是所谓的找碴呢。"

　　"某人正在找堀北同学的碴？但那是怎么……"

　　"不仅是堀北，我们班所有人会在第几组出场，这些全都被其他班知道了。敌人对擅长运动的须藤、小野寺编排弱的对手，对不擅长运动的外村、幸村等人编排可以勉强赢过的学生。总之，我们被对方随心所欲地玩弄于股掌之中。"

　　而且对方都是C班的学生。

　　"……班上情报泄漏出去……你是说，参赛表的名单走漏了吗？"

　　"对。我们预先决定好的一切都被龙园知道了。"

　　"不会吧……但堀北同学的对手确实一直都是矢岛同学和木下同学……之前你说过某人会背叛，也就是说和这件事情有关联吗？"

我轻轻点头，让她了解到状况有多么不妙。

"为什么……你会知道那种事情？该怎么说呢，你如果说你就是叛徒，我一点也不惊讶……但并不是这样吧？"

"很遗憾呢，我不是。"

先不论"是谁"的这部分，班上情报外流的这件事，才是最重要的。

平田事先决定好的比赛顺序、战略，全都被龙园知道了。

那家伙以这些情报为依据干了两件事。

一是对须藤或平田等优秀学生编排弱的学生，然后编排运动神经更佳的学生给池或山内那种运动白痴，投机取巧捡胜利。我方当然也是为了防止这种情况出现才做出这样的编排，但被C班知道后，效果便会大打折扣。

另一个便是瞄准堀北。然而，这和取胜并无直接关联。

那家伙只是为了击溃堀北，而安排了实力强的人。

堀北面子确实也扫地了。在D班的排名里，堀北已经掉到了最后几名。

这些作战如实显示出龙园翔这男人的性格。他如果想让作战更不露出马脚，应该也可以更仔细地替换学生。他却刻意不那么做，看得出来是想让我们发现这项作战，令我们吃惊、吓破胆。

"你不帮她吗?"

"怎么帮?"

"这……我不知道。"

"这场体育祭的参赛表已经确定了，我也是束手无策。"

"也就是说，D班或许会就这么输掉?"

"应该吧。"

"你不打算做点什么吗?"

"我想你不应该找我商量，而应该去找平田。"

"虽然你说得没错……但总觉得，你应该有在思考……"

这场体育祭是众人环视场地，不像无人岛那样有许多死角。在老师、学生多数人都看着的情况下，背地里做些什么，是非常困难的。除了像一之濑、葛城他们正面战斗取胜，或像龙园那样边背负风险，边使出卑鄙手段之外，可以说是别无他法。龙园也是如此，看动作或是语气，便可窥知他们是进行了严密的排练与练习后，才做出犯规行为。总之，在体育祭开始前，大部分结果就已经注定了。

"你怎么看堀北的?"

"我……是不喜欢她啦。趾高气扬，又很自大。"

"但你却在担心她呢。"

"或许是因为我不知不觉就把她和自己重叠在一起了吧。"

堀北场场比赛被人针对、使绊子，尝到了苦头。

也就是说，她把过去那个被霸凌的自己重叠在她身上了吧。

"现在 D 班大概是最后一名吧……我们还有可能获胜吗？"

"别担心，现在的情况我都预料到了。"

"你果然在想办法嘛。所以，我们要怎么赢呢？"

"赢？我并不打算赢。这次最重要的就是什么也不做。"

"咦？"

轻井泽对我的回答不禁张大嘴巴。

"这场体育祭，我们就只要乖乖被对手打击就好。这件事情会成为日后的力量。"

"那是什么意思……"

我正在想该如何逃避轻井泽的追问，这时突然传来怒吼声。

"我一定要把那混蛋打得屁滚尿流！"

须藤像化成了鬼一样，朝着 C 班用力迈步而出。龙园在团体赛上反复做出挑衅对手的行为，并做出盯上了堀北似的发言。

这些甚至不禁让我觉得一切都是为了现在让须藤失

控的布局。

"我理解你的心情，但你必须稍微冷静点。你要是现在对龙园同学施暴，应该很清楚结果会变得如何吧。"

平田为了阻止失控的须藤而在前方挡住。但须藤用力推开了平田。

"吵死了！戏弄人的是那家伙吧！一开始就一直在犯规！"

"我觉得他犯规的可能性很高，但要证明起来应该很困难呢。"

虽然倒杆的踩踏，或拔河放手都算是违反，但都处在灰色地带。骑马打仗涂发蜡这件事现在没有证据，也只是猜测而已。就算须藤满腔怒火前去逼问，不仅会被对方打发，说不定还会被敌人将计就计。在这么多人面前对其他班施暴的话，可能不止须藤一个人失去资格就能解决。

"这场体育祭里我才是领袖。就服从我吧，平田。我们一起去逼问龙园。"

"我不打算否定你是领袖。只论这场体育祭的话，你毫无疑问就是领袖。不过，我希望你看看周围，有多少人认同现在的你是领袖？"

须藤环顾四周。以怕惹须藤生气的池等人为首，大部分学生都不打算靠近焦躁的须藤身边。堀北也一样，对须藤的言行态度投以无言目光。

这就是 D 班的现状，是我们必须去接受、改善的现状。

"我可是为了班级拼了命……"

须藤挤出这般愤怒的声音，而平田之外的学生接着说道：

"真的是这样吗？比起想让班级赢的心情，你更在意自己活跃、想炫耀自己的厉害而已吧？起码我是这么看的。不过，任凭情感判断大家有无用处、催促大家，要是这么做班上就能赢的话，就不用辛苦了吧。如果要表现得像领袖，你就需要冷静的判断，以及恰当的建议。"

开口说话的是幸村。虽然他在体育祭上成绩不佳，但他是认真面对比赛的学生。

"烦死了……"

"我的想法也是一样的哟，须藤同学。正因为你很可靠，我才会希望你以大局为重，而且希望你可以回应众多同伴的心情。"

"烦死了啦……"

"你应该办得到，须藤同学。所以……"

"我已经说你很烦！"

砰！传来一阵闷钝的声响，站在他旁边的平田飞到后方，卧倒在地。须藤双眼充血，好像连自己犯下的错误都没察觉。

如果接下来还有人说多余的话，应该也同样会被他揍吧。

不，他现在已经连幸村都要扁下去了。

但是因为须藤揍了平田，就算不愿意也会引人瞩目，老师当然也注意到了。就算是班级内部纠纷，如果演变成暴力事件，就没有劝戒这么简单了。

"怎么回事？"

负责监视班级工作的茶柱老师，靠近倒在地上的平田。只要看见须藤激动的态度，以及平田被打得发红的脸颊，发生了什么很容易猜到。

"你打人了吗？"

茶柱老师没问理由，只打算问出事实。心里不畅快的须藤没打算否定，焦躁地答道：

"……那又怎样？"

面对予以肯定的须藤，平田一面爬起，一面急忙解释道：

"不对，老师，是我自己跌倒的。"

"看起来实在不像是这样。"

"不是这样的。我都这么说了，所以应该不会有问题吧。"

茶柱老师稍作停顿，便立刻下了裁决。

"确实如此。既然被害者说没事，就算是没有问题。

但客观来看，你们之间可能发生了纠纷。现在你们彼此先保持距离吧。另外，我会先向上呈报。这是为了这种事情防止再次发生。"

"我们没有任何纠纷，而且也不想让人误解。谢谢您。"

多亏平田冷静应对，才没酿成大祸。平田与须藤保持距离，离开了须藤的视线范围。对照之下，须藤好像无法抑制怒气，于是狠狠踹飞了折椅。

在茶柱老师的监视之下，他也无法殴打 C 班学生。

"我干不下去了。随你们去输吧，小喽啰们。体育祭根本就没用。"

须藤瞥了一眼从头看到尾的堀北，但还是把视线别开。

须藤离开我们的阵地，往宿舍方向走去。

"事情变得很不妙欸，绫小路。"

"虽然这与我无关就是了。"

高圆寺身体不适缺席，这次则是须藤离队。这个情况对于本来就处在劣势的 D 班来说还真是严重得无以复加。

"你没事吧，平田？"

"嗯，只是一点轻伤而已。"

幸亏他只是嘴里稍微破皮，似乎没有明显的外伤。

"可是该怎么办……状况实在是很糟糕。"

9

在 D 班发生动荡时，二、三年级的骑马打仗顺利地进行了下去。堀北也没向须藤搭话，只把目光聚焦在她那无法接近的哥哥身上。

到头来，骑马打仗结束后须藤也没回来，全体参加项目最后的两百米赛跑即将开始。即使有一两名学生不在，校方也会把比赛进行下去。那就是规则、规定。龙园走到我们身边。

"平田，须藤怎么啦？去厕所？"

不在场的人只会被当作失去资格，不会获得点数。这是学校的明文规定。

龙园好像在远处观察过 D 班，仿佛一切尽在掌握之中。这次他是打算干涉平田的精神状态吗？

"须藤同学正在休息，他应该马上就会回来。"

"呵呵。没凭没据的事，不该乱说呢。"

在第二场赛跑上被点名的龙园走向了跑道。

"比起这些，龙园同学，听说你个人竞赛上至今为止全部都是第一名呢。"

平田对于那身背影，一面燃起斗志，一面如此说道。

"这又怎么了？"

"从这次的名单上看你似乎也会得第一，运气好像很不错呢。"

"因为我比较走运。"

"不知道那运气会持续到何时呢。运气也会因为一点小事而改变。"

"啊?"

"也就是说,我知道你在想什么。"

龙园摆出一副你在说什么的模样,并且嗤之以鼻。在此平田继续说道:

"你得到 D 班参赛表、了解 D 班学生体育能力,以及正在利用那些情报的事情,我都已经知道了。我们也不是笨蛋。我们手里还藏着好几招。"

"如果你不是在虚张声势就有趣了呢。通过目前为止 C 班和 D 班的对决,再怎么样你也应该发现其中有蹊跷。就算你不知道真相,也还是能套我话。"

"嗯,所以先提前跟你打声招呼。今天结束之前,我会让你看看有趣的东西。"

"有趣的东西? 那我就先期待一下吧。"

对于平田的谜样挑衅,龙园丝毫不受影响。看见他在两百米赛跑上稳拿第一,便可知他的内心似乎毫无动摇。

"距离须藤下次出场还有一个多小时啊……"

二、三年级进行的两百米赛跑,以及五十分钟的午休。要是须藤没在这之前回来,我们就输定了。王牌不在的话,后半段的推荐竞赛就没胜算。

能说动那家伙的人，在这班级里只有一个。

而那名人物，应该差不多理解了自己的职责与重要性了吧？两百米赛跑以第三名告终的我，静静等待堀北比赛结束归来。

"堀北，有关须藤事情的经过，你都了解了吗？"

"他被质疑领袖资质，察觉到自己的不中用之后，就逃走了。"

"……算是吧，大致来说的话。"

"那你来找我干什么？你不会要我把须藤同学带回来吧？"

"知道就别多问。已经快午休了，班上需要你的力量。"

"我不懂欸，还有其他值得依赖的人。我怎么可能带得回他？"

她是说认真的吗？虽然我这么想，但她大概是认真的吧。

这家伙完全没发现须藤把她当作异性并怀有好感。

"说起来，我现在的状态也担心不了别人……"

堀北在竞赛上被迫苦战，大幅降低了班级的分数。

她现在因为自己的事就已竭尽全力了吧。我也不是不谅解。再加上，其他同学里也鲜少有人怀有追随须藤的意志。尽管知道这会对体育祭的结果造成巨大影响，大家还是把恣意妄为的须藤放着不管。事到如今，须藤一路累积的信赖值，已经能以具体形式看见。

假如跑出去的是平田或栉田，我们就会出动全班四处找人了吧。

高圆寺在这层意义上也很类似。事实上，他是个被堀北、须藤以外的人无视的存在。没有人理解缺少一个成员有多么严重。

"那我就直说了。既无法照顾同学，也无法做好自我管理的你，究竟有什么价值？你就只是个累赘。"

我做好会惹她生气的觉悟之后，说出至今为止最深入的话。

"你说得还真过分呢……受了伤我很抱歉，但这也是因为运气不好。我也无可奈何吧？"

"运气不好？对你来说，那些伤与D班现状看起来都只是偶然事件呢。这就是你什么都没发现的证据。"

"别瞧不起我，我也是发现了异样的……我发现参赛表已经泄漏给龙园同学，也发现班里有人背叛，但这也没办法吧。就算对方是有可能背叛的人，我也不认为对方会自掘坟墓，所以还不着急。"

"你还有发现其他事吗？"

"其他？你是指龙园同学故意激怒须藤同学？"

"是啊，龙园彻底摧毁我们班的关键人物须藤。不管敌人掌握多少消息，须藤在个人赛上都是常胜，团体赛上也是个很棘手的存在。所以，龙园才反复做出让他在精神上焦躁的行为，靠比赛之外的因素成功让他离队。"

D班失去了须藤的战斗力，又因大闹一场，士气彻底下降。

"嗯，所以才会变成现在这个情况呢。"

"你没发现除此之外的事吗？"

"难道……你是想让我说出我的猜测？你认为我受伤是因为龙园同学动了手脚？我刚开始确实这么想过，想过他教唆木下同学让我跌倒。但就算这样，在大庭广众之下露骨地害我受伤并不实际。就算她能让我跌倒，我也不认为她有办法让我受到足以无法好好比赛的伤。"

然而，她猜错了。

重要的并不是那点。

"你打算继续这么没用下去吗，堀北？"

我如此断言。不下猛药治疗的话，堀北铃音这名少女是不会醒悟的。

"……你凭什么说我没用？"

"因为实际上你就是很没用，所以我才说你很没用。"

"真让人不高兴……笔试和运动能力上，我都有自信赢过那群无趣的人。现在发现消息走漏已经太迟了。情势变得不仅是我，不管是谁都一筹莫展。所以说，可以请你拿出证据吗？"

"如果你是一般学生，那这样确实就可以了，但事

情并没这么简单吧？我是在说——如果你打算爬上 A
班，并且带领现在的同伴，你就必须培养能展望整体的
视野与头脑。"

"我就叫你拿出证据！"

感受到堀北释放的怒气，周围的同学都在好奇发生
了什么事，而回过头来。

"'参赛表消息走漏'、'龙园挑衅并赶跑须藤'、'故
意让你受伤'。情势确实就如你所说的一筹莫展，而那
是因为你没使出任何对策。只要不使出对策，就会永
远重复下去。你打算下次继续中龙园的计吗？不是这
样吧。"

"那是……但就算这样，我又该怎么做……"

"优先自己想尽量拿下靠前排名的心情，而缺少须
藤的状态；以及就算自己掉了排名也要把须藤叫回，请
他带领班级的状态——对 D 班有利的状态是哪一种？
这种事想都不用想吧。现在的你远远不及须藤，完全派
不上用场。你要有自知之明。须藤的做法本身很拙劣，
但他在体育祭上比任何人贡献都大，而且还拼命想获
胜。因为没余力担心别人就放着他不管，这样好吗？你
就这么任由他去吗？这样不就是在弃自己的宝贵战力于
不顾？"

都说到这里了，照理堀北应该也能理解。

我希望她能明白"今后自己该做些什么"。

"这是小学生也懂的吧？那一招也会关系至最初的反击。"

龙园用战略击溃须藤，那我们只要靠战略叫回须藤就好。事情很简单。

"你正在放弃获得专属自己武器的机会。"

"专属我自己的武器？"

"如果你今后要以好班为目标，一个人的力量是有限的。实际上，你现在就处于独自一人什么都办不到的情况。这种考试应该会逐渐增加。到时，须藤健这个人就会成为必要战力。为了使用这股力量，你现在应该把什么放在最优先的位置？是在原地祈祷脚伤痊愈吗？不是吧？"

就像我把平田或轻井泽当作武器使用，堀北也被赋予获得自己专属武器的机会。既然如此，眼睁睁错过便是愚者才会做的事。

"我……"

"剩下就由你自己来想吧。我要说的话都说完了。"

对，我不会继续说下去。我不会教她赢龙园的对策，也不会教她应付敌人的办法。

现在堀北需要的是失败及重新开始。

10

我们 D 班就这样以最糟的状态，结束了体育祭的上午场，进入了午休时间。学生各自如平常那样在学生餐厅吃午餐，或在操场的指定地点用餐，学校允许学生自由选择用餐地点。在团体感特别强烈的体育祭上，不论男女，与高年级生一起吃饭的机会好像也比平常多。

现在不同以往，因为教室不能使用，可以用餐的地点有限。

说到体育祭的精髓，午餐应该也是其中之一吧。操场上有堆积如山的外卖便当。今天的午餐不是学生餐厅里的东西，而是从学校外面叫来的高级便当。

虽然种类只有一种，但因为免费，所以几乎所有学生都会选择吃便当吧。

另一方面，也有学生连便当都没拿就离开了操场。其中一人是堀北。我的话总算传达了过去，她很可能是要去寻找须藤。

另一人则是栉田。她和关系要好的女生说要去找须藤。

"唔啊……好累！为什么就我要受这种罪！"

"因为你输了吧。"

为了避开拥挤人潮，于是在猜拳上输掉的山内去拿了大家的份。

"肚子饿扁了，我们赶快吃吧。"

池或山内都对须藤离队一点也不在意。他们从入学开始，就和须藤结伴同行，因此很熟悉须藤的性格。

而且，虽然他这次没参加比赛，但也没被人追究。

毕竟这只会失去他的个人点数。以红组来说当然是损失，但须藤的恐吓主义也由此结束，感到庆幸的人也不少。

大部分女生都目击了平田被揍的情况。因此须藤的评价（先不论原本有没有）暴跌，失去了信誉。

就算少掉体育祭王牌，班级也没有丝毫变化，这在某种意义上也很毛骨悚然。

"总之，先占个地方吃饭吧。"

我们三个正打算挪动，就看见平田带着班上几名男女生现身。

"我们也可以跟你们一起吃吗？"

他向池他们搭话。池和山内顿感惊讶。这也理所当然吧。平时没那么要好的平田前来搭话，他们不可能不困惑。然而，因为是在体育祭，也因为有女生同席，两人没有理由拒绝。

"当然可以啊。"

池这么答完，我们便组成了将近十人的男女团体。我们接着选了一个合适的地方，铺上蓝色野餐垫，开始吃起午餐。不久，慢慢有些人吃完了，平田和轻井泽便靠了过来。在班级同伴聚集的场合，就算有我在，也不会不自然。

"龙园同学果然有动作了呢。"

平田在喧嚣中这么开口。轻井泽仿佛在等这句话似的插嘴道：

"所以谁是叛徒？洋介同学，你知道对吧？"

轻井泽这么问道，但平田慢慢地摇头。

"我也有几件不懂的事，绫小路同学你能帮我消除那些疑问吗？"

"我想想。可是，我无法回答叛徒是谁这个问题。"

"什么？我不懂你的意思，为什么啊？"

"因为现在闹大，班上会更混乱。面对叛徒，只要冷静应付，就不会有大问题。"

"……我知道了，关于这点我不会追问。但明知会出现叛徒，却还是就这么上交参赛表，又是为什么呢？我们应该也可以偷偷调整参赛表吧？这么做就不会苦战到这种地步了呢。何止是这样，或许我们还可以反过来看穿敌人的计谋，把比赛进行得更有利……"

"是啊。"

我就是想要堀北察觉自己那足以看穿、对付间谍的力量。

"你好像很事不关己欸，背叛的家伙或许就在附近吧？说不定就在这些人之中……这么悠哉没关系吗？"

轻井泽张望四周，甚至把现场数名学生看成嫌疑犯。

叛徒确实棘手，但根据不同情况，放任不管也会比较方便。

而且，即使使出平田说的那种作战招数，应该也对龙园不管用吧。

话虽如此，就算把这理由告诉平田他们，要让他们顺利理解也很困难。

"算是在测量叛徒有多少道德心吧。"

我随便糊弄道。

"道德心？"

"就是希望我们别穷追不舍，让对方改过自新。"

平田听完这席话，目不转睛地盯着我。

"也就是说，这些全都是堀北同学的指示，对吧，绫小路同学？"

平田已经渐渐起疑，似乎快瞒不住他了。即使如此，我表面上还是必须让他相信。

"嗯，一切都是堀北的指示。"

平田没再追问，点了点头，好像接受了此事。

"堀北同学现在在干什么？"

"那家伙现在在做只有她办得到的事——若是这样就好了呢。"

"难道你是指须藤同学的事？"

平田的理解力很好，他环顾四周，重新确认两人都不见踪影。

"我们应该没有轻松到少了须藤，还可以在后半场比赛赢到底吧。"

"是啊……对我们来说，须藤同学很可靠。"

　　轻井泽对于须藤值得依赖的情况有些不服气，不过她也知道这是事实。这场体育祭的结果，应该就取决于堀北的行动了吧。

　　假如我的话没传达过去，须藤就不会回来，D班也就 GAME OVER 了。

为了谁

我被绫小路同学严重打击，非常失落，独自一人前往校内的保健室。他平时很温和，自称不干涉他人的避事主义者。我从没想过他会那样对我滔滔不绝。我吓了一跳，因此无法好好回嘴。

"……不对。"

他说的话是对的。因为正中要点，我才无法回嘴。

"唔……"

总之，现在该做的，就是对这双无法好好移动的脚想点办法。为了追上须藤同学，我不得不对脚进行一些必要处理。虽然操场上设有应急处理处，但我想尽量避免引人注目，因此刻意选择了校内的保健室。

但我一来到保健室，就发现好像已经有人先来了。室内放着的三张床，其中一张遮着帘子，看不清。好像有人正在床上休息。

"老师，请问伤势如何？"

我在午休前的休息时间接受了包扎绷带的应急措施，但是效果不明显。

老师观察脚的状态，然后抬起了头。

"这个嘛……我刚才也说过了，要继续比赛还是很困难呢。"

我被诊断是扭伤，但伤势好像没有好转也没有恶化。就算照现在这样，我也能勉强跑步，但完全只是能跑而已，使不出足以在比赛上获胜的力量。

虽然我拼命比完了个人赛，但推荐竞赛会更加困难吧。

如果我参加的话，几乎没有获胜的可能性。

"你有要参加的推荐比赛吗？"

"有。但我打算不参加，这双脚即使参赛也会扯班上后腿。"

"这是明智的判断。"

幸亏我在之前考试上得到了巨额点数。就算弃权，我也只要支付点数便可弥补。即使把我原定要参赛的三项竞赛全找替补上场，也是共计三十万点。金额绝对不便宜，但如果这样能稍微提升班级获胜的可能，我也毫不犹豫。虽然我和哥哥一起奔跑的梦想会被迫中断⋯⋯

现在就算纠结这种私事也没意义。重要的是谁来担任替补。

"谢谢您。"

我接受完治疗就向老师道谢，离开了保健室。我打算回到操场，而走向玄关。

窗户映出我拖着脚的悲惨身影。我不禁紧咬嘴唇。虽然我很怀疑那时叫我名字的木下同学，但毕竟错在我自己跌倒受伤。那件事情不会改变。我努力不让任何人发现地故作冷静，继续走着。

当我正想走出玄关，就看见栉田同学匆忙跑来。

"能找到你真是太好了。我有事要跟你说……"

"……什么事？我接下来还有事，麻烦长话短说。"

"嗯，抱歉呀，但在这里有点不方便。能请你过来一下吗？事情好像变得很严重。"

"能请你在这里说吗？严不严重等我听完再判断。"

栉田同学张望四周后，就悄悄说起了耳语。

"……和你碰撞跌倒的木下同学好像受了重伤呢。现在伤势严重到爬不起来，所以……木下同学希望把你叫去。"

我听完这席话，无法掩饰惊讶。

她确实是受伤了，但没想到比我还严重……

"她现在在哪儿？"

"这边。"

栉田同学说完就带着我往保健室方向走去。

1

我再次来到保健室，发现茶柱老师也在场。保健室的老师开口道：

"太好了，我正在说和你擦身而过的事呢。"

"我请栉田叫你过来，看来她马上就找到你了呢。"

栉田同学站在一旁，一副有些不沉稳的样子。

"这究竟怎么回事？"

刚才看见的那张用帘子隔开的床上，传来女生啜泣的声音。茶柱老师稍微替我拉开帘子。帘子深处，可以看见横躺在床上的 C 班木下同学。老师随即拉上帘子，把我叫去走廊。

"木下在上午障碍赛时摔倒了，你还记得吧？"

"当然，因为她是和我碰撞才跌倒。"

自那次事件起，我的体育祭便乱了调。

"关于那件事……木下说是你蓄意让她跌倒。"

我一时之间无法理解老师在说什么。

"不可能是那样。那是偶然事故，或者……"

"或者？"

就如绫小路同学对我说的那样，我本来打算说那是龙园同学的战术，但最后还是作罢了。

我隐约认为没错，但这完全是猜测，毕竟我没有任何证据。

"不……那纯粹是偶然。"

"我也是这么认为，但情况有点糟。据木下所说，她说你先是在跑步途中反复因为在意她而回头。为了查证，我们确认过影像，你确实有回头看她。"

"那是因为她反复叫我的名字，所以我才会回头。"

"被她叫名字吗？原来如此。即便如此，问题还是很大。她说被你用力踢了小腿呢。事实上，之后的比赛她全部缺席。我们请老师诊断过木下的伤势，听说状况很严重。而且，可以看出她的伤是蓄意造成的。"

"那是她跌倒时受的重伤也有可能。我什么也没做。"

"我当然相信你的清白。不过，日本是救济弱者的强国，这点在这所学校也是不变的。既然无法完全排除蓄意的可能，就有可能进入审议阶段。"

"真是愚蠢。"

"但是，这不是可以简单结束的事情。你无视的话，问题就会扩大。消息当然会传到其他老师耳里，拖延的话也会传到学生会。那么一来，情况就不妙了。你不可能忘记须藤和 C 班起纠纷时的事情吧？"

如果拖久了，哥哥也必然会知道这件事。因为我这妹妹的愚蠢，一定会让他困扰。

但既然我是清白的，我也不会承认没做过的事情。那是龙园同学的作战方案也好，是偶然引发的不幸事件也好，我不可能承认。

"如果您叫我来是为了确认事实，那么我已经说出真相了。我再次声明，我什么都没做。接下来我还有点事，请问我可以告辞了吗？"

现在我必须尽快找到须藤同学，并且把他带回班级。我打算掉头，而茶柱老师在我身后对我说道：

"现阶段，学校应该会判成伪装成巧合的蓄意攻击吧。如果考虑到木下在障碍赛之后都缺赛的话，你得到的点数同样也会无效，当然也不会让你参加推荐竞赛吧。你那双脚本来就无法参加推荐比赛……总之，木下是运动神经很好的学生，如果只论脚程的话，木下并不输于你。实际上，木下受的重伤很难说是偶然的结果。"

即便如此，但因为我是清白的，所以也无可奈何。喊冤很简单，但是很耗时。现在最要紧的是找到须藤同学，而不是在这种事情上花时间。

"不管怎样，我都打算不参加推荐比赛。障碍赛之后的名次也不甚理想，就算和木下同学一样被当缺席处理也无妨。不过，我要强调我不是故意让她跌倒受伤的。"

"这样可以吗？"我和茶柱老师做确认，然而……

"不过，木下好像坚持向校方申诉。光凭影像和她的证言，案子似乎不太可能被撤销。以对方立场来看，她也不想忍气吞声。对 C 班来说，木下缺席也是个严重的事态。你明白这是什么意思吗？"

"……这就是所谓恶魔的证明吗？"

茶柱老师没否定，而是静静闭上眼，双手抱胸。

要证明地球有外星人，只要在地球某处抓到一个外星人就好，但要证明地球上没外星人，就必须彻底找遍地球。实际上那是不可能的。那就是所谓恶魔的证明。

茶柱老师是想说——只要无法证明清白，就必须采取避免事态严重的措施呢……

"茶柱老师，请问您是怎么听说这件事情的？现在有谁知道呢？"

"栉田找我商量。说不想把事情闹大，问我该怎么做。"

"抱歉呀，堀北同学。木下同学坚持无论如何都要找老师商量……"

"谢谢你找了茶柱老师，因为假如是其他班老师的话，就会变成一桩大事吧。但我也有个疑问。你是在哪里听木下同学说的？"

栉田同学不安地看着保健室门口。

"因为我和木下同学很要好……我在休息空档来看她的情况，她就告诉了我这件事。"

"这样啊。"

若是交友圈广泛的栉田同学，这应该不奇怪。总之，现在知道这件事的，就只有当事人我、木下同学，还有栉田同学与茶柱老师。

可以的话，我想在此结束话题，解决问题……

"我可以和木下同学说话吗？"

"不知道，因为她现在有点害怕，情绪也很不稳定……"

"拜托您了。就我立场来说，我也不想把事情闹大。"

我一低下头，栉田同学也同样把头低了下来。

"我也拜托您了，老师。"

"好，我就去问问吧。"

我设法获得茶柱老师的允许后，走廊前方就传来了脚步声。那名人物径直走向保健室，双手插在口袋里，表现得一副唯我独尊的样子。

"事情好像变得相当严重欸。"

"龙园同学……"

为什么他现在会在这里？我拼命全速运转错乱的脑筋，故作冷静。不过，他像是看透了我的心思，因而一边讥笑一边在我面前停下脚步。

"木下找我商量，我就飞奔而来了。没想到那些伤居然是蓄意造成的呢。"

他说完，就绕过我，进了保健室。我也急忙追过去。我一踏入保健室，龙园同学不听保健室老师的劝阻，一把拉开木下同学的病床帘子。

"哦，木下。你没事吧？你好像运气不太好欸。"

木下同学看见龙园同学，就变得更害怕，明显地哆嗦了一下。

"听说你脚受了伤？让我看一下。"

他说完，就拉出木下同学藏在被单下的脚。

"这还真严重，亏她能做出这种事……"

映入眼帘的是木下同学缠着绷带、惨不忍睹的左脚。

"抱歉……虽然我努力想参加接下来的比赛……脚

却不听使唤……所以……唔!"

"你别责怪自己,木下。我知道你努力想参加两人三脚的比赛。"

"……那不过是偶然的碰撞。木下同学,你说我害你跌倒,居心何在?"

"唔!"

我稍微怒瞪,想向她问个清楚,结果木下同学却撇开了视线。龙园挡在她前面。

"据木下所说,你好像一个劲儿地要让她跌倒呢。你是蓄意的吧?"

"别开玩笑,你觉得我会做出那种事情?"

"谁知道呢。再说,你看看现实吧,比你运动神经更好的木下受重伤退出,而且这之后的推荐比赛,她原定是要全部参加的呢。对照之下,你虽然受了伤却能继续比赛。要人别怀疑,还真强人所难。"

我也很清楚一个成员缺席是很严重的。

但因为他多嘴地说明,我对他的疑惑逐渐扩大。

让我和木下同学碰撞,果然是他的目的?故意让运动能力比我优异的她来撞我,也是为了不遭人起疑的牺牲?

但……我也产生了疑问。不惜让比我更可能得到点数的木下同学撞我,能得到什么?而且,她原定参加所有推荐竞赛,也就是说C班光是这样就会失去四十万点。这一切都是为了打倒我，沉浸于优越感之中吗？

为了这种事，不惜伤害同学，支付代价来降低胜利的可能性？

这种没效率的事情，我不明白其中意义。

"你陷入沉默，是在想些什么？"

龙园同学就这样手插口袋，像在窥视地前倾上半身。

"算了，我们就算争论也不会有结果。对吧，木下？"

龙园同学半强迫似的催促木下同学开口。

"堀 北 同 学 …… 对 倒 下 的 我 说 …… 绝 不 会 让我赢……"

"我没说过那种话，你知道自己正在撒谎吗？"

"堀北，你只有在和木下跑步时在意后方呢，理由是什么？"

茶柱老师再次对我抛来相同疑问。

"我承认我回了头，但那是因为她在后面叫了好几次我的名字。虽然我一开始无视了她，但状况明显很奇怪，所以我才会回头。"

"是这样吗，木下？"

茶柱老师这次把疑问从我转到木下同学身上。

"我一次都没叫！"

就算茶柱老师向她确认，木下同学也完全不承认，予以否定。

"她本人都否定了哦，老师。再说，就算万一木下喊了铃音的名字，那又怎么样？就算叫了名字也不会犯规。那大概也是出自为了拼命想赢的心情，才会奋力呐喊吧。木下比一般人都还好强。要是逐一回应这种事可会没完没了。"

不管再说多少，应该都已经是无止境的争论。这两个人绝对串通好了。

"那个……木下同学、龙园同学，我很遗憾事情变成这样，但我不认为堀北同学会故意让对方受伤。"

栉田同学听完双方说词，袒护我似的如此说道。

"可是，堀北同学就是对我说过……绝对不会让我赢！"

"那大概是因为她忍不住想表达自己不想输的心情吧？我想堀北同学跌倒应该也吓了一大跳，我觉得她也很拼命在比赛。"

我没说话。没有对木下同学说一个字。

我把话使劲忍到了喉咙深处。然而，木下同学如此继续说道：

"但是，我无法原谅她……这样田径练习我也不得不请假……"

"……你就不觉得自己丢脸吗？满口谎言陷害人很好玩？还是说，龙园同学，这一切都是你设计好的？我不认为你现在在这里出现只是偶然呢。"

就算她哭，我也不可能同意她所说的，因为那是谎言。所以，我决定用力踏出一步。如果这个场合有他在，我就必须把状况推向对自己有利，而非不利的方向。

"你避谈自己的恶行，把责任推给受伤的木下和我。真是坏女人欸。"

"别开玩笑了，你之前也害过须藤同学。这次你打算也使出同样的手段吗？"

"我和那件事情无关，把它和这次事情连在一起还真可笑。"

他一点也不打算承认。

"这次的事件很简单。你抱着同归于尽的觉悟与木下引起碰撞事件。就这么定了，我们没必要继续争论，赶紧传达给上面的人吧。"

"这……能不能再和堀北同学谈谈呢？"

栉田同学恳求似的拜托龙园同学。虽然我很想说她啰嗦，但就我的立场来说，我也不希望把事情闹大。

尽管自己已经落入蜘蛛网，可是我也只能拼命挣扎。

龙园同学露出稍作思考的模样，如此提议。

"没时间慢慢说了呢。我们班午休结束，就要开始接下来的推荐竞赛。我也要上场，所以想尽早结束。和上头请示判断是最轻松省事的呢。"

龙园看了我、栉田同学，还有木下同学一眼，接着说道：

"不过要我迅速和解也可以。"

"和解？"

"也就是要请你代为背负木下和C班承受的损害。"

"别开玩笑，这种事情我可不接受。"

我要付的报酬绝对不便宜。而且，这简直就像是我做错了一样。

"既然这样，话就说到这里。你不与我和解，也要我别告诉上头，未免也太自私了吧，铃音。你还真是不可理喻。"

"等等，具体来说，该怎么做才好呢？"

栉田同学挤到我前面，听取龙园的提议。

"你好像很懂事呢。我想想……如果她交出一百万点，我就会让木下撤销投诉。这样既可以准备推荐竞赛的替补，木下也可以多亏我，而得到临时收入。很简单吧？"

"你别说傻话了。我什么也没做，没必要付任何点数。"

"那你就去判决处证明吧，铃音。我们就来弄清楚谁对谁错吧，好吗？"

"你们好像对自己相当有信心呢。你们就以为谎言不会露馅？"

"我们会证明自己没说谎啦。我们就赶紧接受学生会会长大人的审判吧。"

龙园同学以了解我与学生会会长……也就是我与哥哥之间关系的口吻挑衅了我。就我的立场而言,绝对不想给哥哥添麻烦。

学生会会长的妹妹蓄意做出妨碍行为、让人受伤——要是这种谣言传开,哥哥受到的伤害将会无可计量。虽然这是和以前一样的手段,但现在完全没有当时的那种漏洞。他们在须藤同学事件时,是以"谁都没看见的前提"装作受害者,但是这次不一样,是以"全校学生作为目击证人"装作受害者。优势在对方。再加上——木下同学拥有与我同等或更胜于我的运动神经、影像证据看得见我回头的可疑之处、木下同学原定参加所有推荐竞赛,以及受了无法继续比赛的重伤。我完全没有可以挽回的条件。

我觉得最高明的,是对方的动手时机。他不是在木下同学受伤之后立刻行动,而是让她慢慢躺着,反而有了真实性。听说她跌倒后没马上申诉,也挑战了下场竞赛。换句话说,这增加了她试图忍耐、忍受痛楚的真实性。

但结果她难以忍耐痛楚,她在离队之后通过偷偷透露是被我蓄意弄倒,甚至营造出害怕被我报复的形式。

到这种地步,我终于确定了。确定一切都是针对我撒下的天罗地网。

现在……状况已经到了不可推翻的田地。在我只是悠哉等待体育祭的时间点，就已经注定了失误，但我也逐渐深深感受到还留着几个谜团。

"那个……如果我来支付点数可以吗，龙园同学?"

"啊?"

"我不认为堀北同学会蓄意做出这种事情，所以我不想太张扬。可是……我也不觉得木下同学是会说谎的人……我在想这会不会是不幸的偶然……所以……"

"真是令人感动呢。不过不可以。身为C班的人，我认为铃音是怀有恶意找碴。木下不从铃音本人身上拿钱，就没意义了呢。当然，你如果说你也要付的话，我是不会阻止你啦。"

在这里继续反抗，就只会把情况闹得更大，可是我无法让步。

"就这么决定了。我们现在要去和老师以及学生会提出控诉，木下。"

龙园指示木下同学起身。木下同学一边痛苦地扭曲表情，一边撑起上半身。

"看见这个状态，学校应该也会了解事态很严重呢。瑕疵品为了获胜，什么都做得出来，我不能放任这种恶行。"

我不得不做出选择。

　　一条是追究真相、对抗龙园同学到底的路，另一条则是在此妥协的路。

　　一般情况下，我肯定会选择前者。但是，现在我没有足以证明真相的素材。换句话说，我只会浪费时间。

　　既然这样……干脆在此和解会比较好……

　　我拼命挤出声音叫住迈步而出的两人。

　　"等等……"

　　那句话确实传到了龙园同学他们的耳里。他们停下脚步。

　　"怎么了，铃音。你应该不打算和解吧？"

　　"只要我付出代价，你就愿意把这件事当作没发生过，对吧？"

　　"也就是说，你承认自己不惜犯规也想获胜？"

　　"我不承认那点……毕竟我没说谎。"

　　"既然如此，这就奇怪了吧。你究竟打算对什么支付代价？"

　　"这次我输给了你，也就是我要对此支付代价。"

　　虽然很屈辱，但我也只能这么说。

　　"听见了吗，木下？那家伙完全不认为自己是坏人欸，你能原谅她吗？"

　　"不可……原谅……"

　　"她是这么说的哦。你不打从心里承认自己错误的话，我们就不会答应你。"

"唔……"

"虽然我很想这么说，但你也是有自尊的吧。我知道事到如今你无法在老师或朋友面前承认自己的错误。所以，心胸宽阔的我答应你也可以。不过，木下同不同意就另当别论了呢。"

他就像在戏弄我，把状况变来变去，同时露出恶魔般的笑容。

我想尽快从这个情况里解脱。

"是你说只要付一百万点就愿意当作没发生过。应该没有别的条件了吧？"

"确实如此呢，不过那是刚才的条件。你拒绝过一次了吧？如今要条件相同是不可能的呢。如果是第二次谈判，条件当然也会改变。"

龙园同学一面挑衅一面猛攻过来。

"我想想。你就当场磕头道歉，试着恳求我们吧。我和木下说不定会改变心意。"

"等等，龙园。这样太过分了。"

在一旁的茶柱老师，对要求我磕头道歉的龙园同学说道。

"老师不要插手，这是我们学生之间的问题。"

即使面对老师，龙园同学也毫不胆怯，接二连三地说道：

"算了，我就饶过你，不让你立刻做决定，毕竟老师也在看呢。所以，体育祭结束之后，就请你告诉我答案吧。以一百万和磕头道歉和解，还是提请学校申诉。你会选择哪种呢？"

他接着补充道：

"你别以为体育祭结束后就会失效、解决。我可是会挖出许多问题，彻底地与你战斗。放学后，你就把铃音带过来吧。"

龙园同学对栉田同学说完，便离开保健室。

我心里隐约感到失落，伫立在原地。

"你没事吧？堀北同学……"

"没事……比起这个，你知道现在几点吗？老师，请问休息时间还有多久？"

"还有大约二十分钟。你们还没吃午餐吧，赶快去吃。"

已经这个时间了呢……我实在没闲工夫吃午餐了。

因为我必须尽快找到须藤同学，并把他带回去。

"我先告辞。"

我怀着焦急的心情离开了保健室。

2

一切都是因为我的怠慢。这是我只想着自己，去挑战体育祭的结果。

我没猜到龙园会得到 D 班参赛表，并怀有让我跌倒的目的。我没有做好心理准备。

所以我才会动摇，找不出解决方案，而且内心混乱。我的脚步比刚才更沉重了。

"真可悲呢……"

对，我觉得自己真的很可悲。

靠近玄关门口时，有两名学生走进了校内。如果是普通学生的话，我大概一点也不会留意了吧。不过，事情并没那么如意。

"哥哥……"

我以不知会不会被听见的极小音量说出的这一句低声呢喃，随着寂静消失而去。对方是这所学校的学生会会长——我的哥哥，还有一名替哥哥效命的学生会书记——橘。

橘书记好像发现我而看了过来，但哥哥看也没看我。

我已经习惯哥哥不把我当一回事。其实我很想叫住他，可是位居 D 班的我，没有那份资格和权力。我稍低下头，等哥哥走过去。反正哥哥才不会对我停下脚步。

明明应该是那样……

"你理解这次考试 D 班现在处在怎样的情况下吗？"

那不是对橘书记说的，而是哥哥看着我所说出的话。

"……现在我深深感受到了这点。"

我老实地说道。这是没料到参赛名单会走漏，整天漫不经心的我犯的失误。我们就连个人竞赛的细节，都漂亮地被 C 班摆了一道。

"但请放心，我不会给哥哥添麻烦。"

对，我绝对不能给哥哥添麻烦。这件事全都是我的大意招致。

幸好龙园提议以一百万点和磕头道歉和解，想到茶柱老师也当了证人，应该不会在最后关头才作废吧。

既然这样，以结果来说或许很好。因为这样不会给哥哥添麻烦。

但我真想以像样的形式和他说话，而不是以这种形式。

真希望就像我最初想的那样，在最后的接力赛上和他一起奔跑。虽然那个梦想随着脚伤一同消逝，但就算表现出痛苦的模样，哥哥也不会同情我。

所以，我就积极向前看吧。既然都已经被打击到这种地步，我也没什么东西能失去了。再说，我知道我在这场体育祭上能做到的事情还有一件。

"告辞了。"

我这么说完，就飞奔似的从玄关走出。

我边忍着脚上的痛楚，边查看学校周围的设施，并且奔跑着……为了寻找须藤同学。

可是找到他没那么简单。光在校内走一圈，也需要相当长的时间。

离午休结束不到十分钟，我回到操场。

　　焦急的须藤同学也有可能因为推荐比赛将至而回来。因为他一直为了拿下年级第一而努力。我如此祈祷。

　　"他果然没回来呢……"

　　我还没去过的地方应该只剩榉树购物中心或宿舍了吧，也可能是学校里的某处。我实在是找不完。

　　他……绫小路同学，出现在我面前。他应该吃完午餐了吧。

　　"你还真是气喘吁吁呢。"

　　"我在找须藤同学，他没出现在操场吗？"

　　"嗯，目前没有。你打算说服他了啊。"

　　"他对 D 班来说是个宝贵战力。而且就算我不愿意也察觉到了。"

　　"你是指？"

　　他好像对我的心境变化很感兴趣，但就算现在告诉他龙园同学的事也无济于事。

　　再说，告诉他之后，情势也不可能好转。

　　让事情只在我和栉田同学，以及茶柱老师之间结束是最好的。

　　午休已经过完一半，但须藤同学没在任何人面前现身。

　　如果下午的推荐竞赛期间，他也这样不见踪影，D 班会因为须藤同学缺席而大受影响，然后就一定会败北。

"你对须藤可能去的地方有头绪吗？已经几乎没时间了。"

"不，还没有头绪。但他能去的地方应该有限。假如在意旁人目光，那他回去宿舍的可能性应该很高。"

"你的脚没事吗？"

"要说不痛是骗人的，但我还不至于跑不动。你要跟我一起去吗？"

"我就不了，我就算跟你一起行动也只会碍事。"

"这样啊……"

就我的立场来说，那或许也比较方便。我一面这么想着，一面忍耐疼痛，跑了出去。

我以及我的不足之处

铃声响起，体育祭后半场比赛开始。我们迎来了推荐比赛。

剩下的四项竞赛，预计将由班级里选出的精锐们出赛。

"话说回来，绫小路同学，你要参加借物比赛呢。"

"可以的话，我很不想参加啦……"

我在猜拳中赢了，所以也无可奈何。每班将各派六人参加借物比赛。一共六组，一组四人。

其分数设定得比个人竞赛还高。

"问题在于缺席的须藤同学呢……"

原本决定要参加所有推荐竞赛的须藤不在，因此这样下去就会被当作缺席处理。问题在于我们要不要找替补。

"方便的话，我能听听你意见吗，绫小路同学？我本来想问堀北同学的意见，但似乎行不通。"

对，堀北也没有回到阵营。我以为后半场开始之前，再怎么样也会有一个人回来，这真是始料未及。但情况也有往好的方向发展的可能性。

"就算不靠我，你应该也能做出正确判断吧？"

"……不知道欸。但我个人认为需要找替补。个人竞赛上我们班大概是垫底，如果要在综合分数上胜出，我们得在推荐比赛上胜利才行。"

"那么，现在问题就是要找谁当替补了呢。"

"替补需要十万点呢，点数部分我会设法解决。我想找池同学或山内同学替补应该不错。"

"因为拿下第一的话能获得考试成绩，对吧？"

"嗯，我认为活用那项优点才是上策。"

如果是运气大幅左右结果的借物竞赛，这似乎可以说是好办法。结果，池和山内一对一猜拳，获胜的池于是洋洋得意地前来会合。

"放心！我会连须藤的份一起努力！"

光论气势，他好像不输须藤，干劲十足。竞赛前裁判们进行了说明。

"借物竞赛上也设定了高难度的项目。那种情况也可以要求重抽，但我们会要求待命三十秒才能重抽。希望重抽的人要向抽签地点的裁判提出。另外，三个人抵达终点时比赛就会结束。以上。"

得到这样的补充说明后，要参加第二场借物竞赛的我开始进行准备。

"嗨。"

我被站在隔壁的男人搭了话。不用转过头，我也知道他是C班的龙园。

"那个肌肉笨蛋不参加借物比赛吗？我还以为他绝对会参加呢。而且也不见铃音的踪影，他们不会是在体育祭好上了吧?"

"谁知道，那与我无关……我不太清楚我们班的内情。"

"问你简直是浪费时间。"

龙园好像立刻对我失去兴趣，而与我保持距离。话虽如此，他好像也一样是第二场。不久，第一场比赛就开始了。其他班都派出了运动神经很好的学生，池在起跑时就被抢先了一步。

即便如此，关键在于借物的内容。最后抵达箱子的池抽了签，并且确认内容。其他班选手已经开始四处奔走，离开操场寻找指定的借物。

"哦!"

池大声呐喊，摆出胜利姿势，忽然逆向跑来起点。

"绫小路! 借我左脚吧，左脚!"

"左脚?"

"鞋子啦，鞋子! 那是我的借物内容!"

他这么说完，就给我看了写着"同学的左脚（鞋子）"的纸张。

"不行，我要是借你，等会就不能跑了吧……"

"呃!"

他好像是因为我离他最近才逆向跑来，但他无法从之后要参加借物竞赛的人借鞋子。

池对自己的粗心而感到慌张，并往我们阵营跑了过去。不过，其他班学生好像都陷入苦战，还不见有人走向终点。结果借物比赛池靠签运，拿下第一名，拉开了波澜起伏的序幕。

"真是不能小看他……"

过了几十秒，A班与跟在后头的B班抵达终点，C班成了最后一名。

比赛一结束，便响起我们第二场的开始信号。

脚程快的家伙飞奔而出，我跟在稍后方，也前往抽签场所。

"纸上会写什么呢……"

我把手伸入放置的箱子。里面好像放着一定数量的纸张。我一面注意别多拿，一面取出签纸。接着打开对折两次的纸张。

　　带来十名朋友。

"……不会吧？"

在看到这句话的瞬间，我眼前一片漆黑。

光是朋友这点门坎就算很高了，居然还要十个人？这是在开玩笑吗？

我再怎么想，也想不出十个人。

"你发什么呆啊！快点啊！绫小路！"

拿下第一而得意忘形的池这么对我喊道，但我也束手无策。

既然班上为数不多能依赖的朋友中两人都（堀北、须藤）不在，这就已经是死局。

一之濑和神崎是敌人，我也不能依赖他们……

"请帮我换签……"

我遵守规则，提出变更借物内容。

同组的其他学生都已经以借物为目的跑了出去。我等待三十秒，抽了第二张。

喜欢的人。

"不不不……"

这借物内容是怎么回事？我只觉得是在胡闹。

"请、请换签。"

D班学生们看着我，散发困惑的氛围，可是没办法解决的问题就是没办法。说真的，其他人要是抽到这种签会怎么做呢？

要是让异性看见这张纸，那就已经等于是告白了。假如说谎拜托对方，当然也很丢人。在决定借物内容前，我就已经白白浪费了一分钟。

座钟。

第三张终于抽到有实现可能的签。

不过，座钟的话，就必须去教学楼吗？

我先朝老师们的帐篷走去，试着寻找座钟，但没找到。

在我东奔西走的过程中，三名选手结束了借物，抵达终点。

"……果然还是失败了。"

我被幸运女神抛弃，以最后一名告终。

这比赛不是我有没有偷工减料的问题，是再怎样都无能为力。

1

现在操场正要开始下半场比赛了吧。

我终于在宿舍大厅找到坐在沙发上的红发学生。

"须藤同学。"

我为了不吓着他，慢慢以沉稳的语气叫他。

须藤稍作停顿之后，回过头来。

"……堀北。"

我想他应该对我的出现感到惊讶，因为他没想过我会来这里吧。

"你来干吗……难道是来说服我的吗？"

"我看起来是会来说服你的那种人吗？"

"这……看起来是不像。那是怎样啊，你是来骂我的？"

"不知道。我自己也不知道我为什么会来这里。"

"啊？"

须藤同学搞不太懂，于是歪了歪头。

为什么呢？找到一直在寻找的须藤同学之后，我却什么也说不出口。

我再次回想自己为何要拼命找到他。

"少了你的话，D班就会没胜算。"

"我想也是呢，现在应该很不妙吧？"

"嗯，目前应该是最后一名，要在此逆转的话，就必须在推荐竞赛连续拿第一名。但就算这样，要夺取第一也几乎不可能。"

虽然班级里有须藤同学这种运动能力突出的学生，但在体育祭上综合地来看时，就证明了我们在其他地方较为逊色。

"我明明就出色地带领了班级，可恶。平田那家伙……"

"他阻止你失控是没错的呢，倒不如说你应该感谢他。万一你对龙园同学动手，说不定就会失去体育祭的参加资格。"

"我无法忍受一直被龙园摆布，那家伙一直在犯规。"

"虽然你的言行确实有问题，但你在体育祭上真的很认真呢。"

这次，他做出了不像他作风的行动。在某种意义上是个奇迹。他为了同学当上自己不习惯的领袖，带领同伴挑战了体育祭。虽然容易跟人吵架的这点一如往常，不过那是因为他想带领班级取胜。除了他不参加的两百米赛跑，其余参赛的项目全部都是第一名，我就算是远远地看，也知道他在团体赛上同样独自展现了压倒性力量。这点我必须认同、称赞须藤同学。

"但你也有许多必须反省之处呢。现在你孤身一人就是最好的证据。"

"什么嘛。"

"假如你受大家依赖、信任，现在在这里的一定不只有我，应该会有一大群同学在场，为了说服并请你回去。"

须藤同学好像因此再次感到焦躁，而轻轻踢了桌脚。

"你的这种态度就是问题。D班老是被你折腾。期中考、与C班之间的纠纷，然后这次是恼羞施暴。你就是因为不知悔改，才没任何人跟过来。"

"你真的是来说教的吗？你现在能不能饶了我啊，堀北。我现在超不爽的。"

须藤激烈抖着脚，拼命发泄焦躁，甚至连我这里都听得见运动衫的摩擦声。

"虽然我也觉得抱歉，但我自己克制不住冲动，所以没办法吧。"

"这样亏你还想带领大家呢。"

"那原本就不是我主动提出，而是别人拜托我的吧。"

"就算这样，既然接下重任就必须担负一定的责任。"

"啰嗦，那种事跟我有什么关系。"

"你老是像个小孩呢，在社会上肯定行不通吧。"

"烦死了！"

他这么喊道，凶狠地怒瞪过来，用要我闭嘴般的眼神震慑我，但我不动声色。

"啧……搞什么嘛。"

如果是别人大概就动摇了吧。但我不为所动，须藤同学因为坚持不住，而撇开了视线。

"你这个人因为缺点暴露在外，所以很好懂呢。不读书的话会变得如何？施暴的话会变得如何？你不懂得瞻前顾后。"

"啊……我知道了啦！给我适可而止！我对你的说教都快吐了！"

须藤同学想留在这所学校，想让事情顺利进行。

即使如此仍会引起暴力事件，应该是有某些缘由的吧。

只要没弄清根本原因的话，须藤就会一直重复下去。

就像我一样——总是期望独自一人。

所以就算会被他讨厌，我也不会住嘴。现在在此，我要看穿他的一切。

"你不高兴可以打我。"

"什么？那种事情……我怎么可能做得出来……"

"就因为我是女人？丑话说在前面，我可是很强的。在你出手之前，我就会打倒你。"

"干劲满满啊……你这女人真的很奇怪。就像你说的，其他人才不会来追我，但也只有你追了过来。"

那也是因为我被绫小路同学教诲的关系。

不过，现在是我自己遵循本意才站在这里，所以没必要告诉他。但须藤同学好像稍微松懈了下来，他像是平息了怒气似的嘟哝道：

"我会接下领袖的职责，是因为我以为只要会运动，体育祭就会因此轻松胜利。事实上，我也没输给其他班的人，就算再比一次个人赛，我也有信心不输给任何人。但是啊，团体赛只要有人扯后腿就没辙了。倒杆竞赛和骑马打仗都是因为没用的家伙才输，我就是受不了这点。"

我理解他会想抱怨的心情。须藤同学在年级里也有出类拔萃的运动神经，但周围的同学都不是配合得上须藤同学的实力者。

"我知道你不喜欢在擅长的领域上输掉，但理由就只有这些吗？"

　　如果只是在运动上不想输给任何人，就不必接下领袖的职责。须藤同学应该也已经预见会在团体赛上苦战。换句话说，这一定还潜藏着其他理由。

　　须藤同学稍作思考地歪了头，但他立刻就给了我答案。

　　"……可能还有想受人瞩目、受人尊敬的私心吧。我也想让至今瞧不起我的人刮目相看……我真丢脸。"

　　他因为冷静下来，所以发现那不过是一己私欲，以及自己半途而废的事实。因而用力挠了挠自己染得赤红的头发。

　　"这样我就完全被孤立了吧。算了，反正只是回到跟初中时一样的状态而已。"

　　"……"

　　须藤同学这席话让我暂时陷入沉默。

　　不知我的说教，是否传达到了他的心里。

　　我被绫小路同学驳倒、输给龙园，还被哥哥放弃。

　　其实我并没有责骂、教诲他的资格。

　　我一直认为他水准很低，现在却觉得并非如此。

　　须藤同学的确很幼稚，做事不瞻前顾后，个性让人难以应付。

　　不过只要换一种角度，就会逐渐发现他也是面对孤独，不断战斗过来的人。

有勇气面对孤独的他，说不定比我更了不起。

尽管有着传达不过去的不安，我也拼命挤出话语，继续进行我不擅长的对话。

"……真不可思议呢。因为我和你的心情，基本上是一样的。"

"啊？什么意思？"

"我也有想被人尊敬的心情，以及期盼独自不断战斗的心情。"

他虽然有着某种矛盾，但即使如此也一路孤独战斗，与我很相似。

"回想起来，那是有征兆的。期中考时，我对包含你在内的那些不会读书的人感到焦躁。我对连理所当然的事都办不到的人很生气，根本就不打算帮忙。你在体育祭上表现还比较出色，至少你带领了不擅长运动的同学们。"

读书与运动，虽然乍看完全不同，但本质说不定是一样的。

须藤同学现在应该强烈体会到我当时的心情。

"那你应该能理解我的心情吧，我现在只想独处。"

"我也不想打扰你，但现在少了你D班就一定会输。"

这不光是须藤同学个人的问题，而是会牵涉到班级的成败。

"你一开始不也跟我一样抛下班级了吧，你没资格对我说教。"

须藤如此简短拒绝，便慢慢从沙发上站起。

"……是啊。"

对，我说的话没有分量。毕竟我不久前的想法和须藤同学相同。

"你对我很失望吧，不过我习惯了。我被人渣父母生下，所以我也是人渣。我明明不想效法他们，自己却逐渐变得像父母……"

须藤同学好像打算回房间，用放弃一切的眼神看了我一眼。

看见他那副样子，我也不知道该说什么了。

"人渣生的小孩就是人渣——如果你这样想就错了。你的人生掌握在你自己手中。我不会认同你那种想法。"

我强烈否定。我觉得就算理解他的心情，我也必须去否定。

"如果天才的妹妹就会是天才，真不知道我可以省下多少力气……"

"什么意思啊？"

"……你还不是什么人物，要成为什么人物要看自己，起码你在运动领域上拥有天分。虽然你的语气确实粗鲁，但练习上你也给了许多学生建议。就是因为看见你那副模样，我才知道你不是没用的人。但是现在的你则是最差劲的，你不过是想逃避现实而已。假如你就这么继续四处逃避，我就真的会把你打上人渣的烙印。"

"既然这样，那你就打上吧。我已经无所谓了。"

"你因为事情不如意就打算放弃吗？"

不管我抛出多么刺耳的话，他都没有正面积极回应。

须藤同学好像封闭了内心，凭"我"是无法开启那扇门的。

宣告午休结束的铃声响起。那是下半场比赛开始的信号。

这样须藤同学肯定赶不上借物竞赛了。

"你回去吧，堀北。"

"不，在把你带回去之前，我是不会回去的。"

"那就随你便吧。"

须藤同学迈出停下的步伐，搭入了电梯。

"我会一直在这里等你回来。"

"……随你便。"

电梯门关上。我到最后都没从他身上移开视线。

2

"呼……真可惜，差点就赢了 B 班……"

"是啊。"

在须藤缺席的情况下，我们比完四方拔河，就算找到替补也依然惨败。虽然获胜的可能性很小，但我们班还是赌了一把。不过还是输了。最后一名的结果被摆在眼前。

对班级来说，这也会影响综合评分，但受到最沉重打击的人是平田。他在借物竞赛上同样负担了替补点数，因此失去了巨额点数。在任何一项竞赛上我们都必须在缺少绝对王牌须藤的情况下挑战，非常地痛苦。

"须藤同学还没回来呢。"

"平田，下个比赛你也打算代付点数吗？"

"因为有这么做的必要呢，这是无可奈何的支出。"

话虽如此，平田到目前已经付了三次。其中有须藤原定参加借物竞赛、四方拔河的两次，以及堀北原定参加四方拔河的一次。点数不便宜。下次也要付的话，就会是共计五十万点。就算持有再多点数，这样下去他应该也吃不消。

"唉……须藤就不说了，堀北之后应该会自己付吧。"

堀北虽然缺席，但我可以断言她一定不会让平田帮自己付点数。幸好那家伙和平田一样，在上次考试中得到了高额点数。

"应该要适当地让参赛者负担吧。"

"或许是这样，但十万点是很大的金额，要存很不简单呢。擅自找替补的人是我，我不能要求其他人付点数。"

"你就不觉得是擅自弃权的人不对吗？"

再说，平田还被须藤打了，可是他好像完全没在意这种事。

"拿到前面的名次就会有利于今后考试，而班级胜利也是如此。参赛总比弃权好呢。如果要自费的话，也会有许多学生不参加吧。"

需要考试成绩的学生，的确大致上也缺钱。他们当然很想要分数，但如果取得靠后的名次，考试反而会变得不利，所以应该会很犹豫吧。因为如果既失去钱，又失去点数，就太惨了。

剩下的竞赛是男女两人三脚和最后的一千两百米接力。

平田正打算去问有没有人想参赛，栉田便跑了过来。

"平田同学，能不能也让我帮忙呢？我想参加两人三脚。我当然会出点数……可以吗？"

"咦？"

没想到来自报姓名的人是栉田。

"我不能让你一个人付点数呢，而且，就算是为了堀北同学、须藤同学，我也想要有所贡献……"

"当然可以。你运动能力那么好，我很欢迎哟。"

"谢谢！我去告诉茶柱老师我要担任堀北同学的替补哟！"

她说完就飞奔而出。

"那么，剩下的就是男生。我去问一下。"

"欸，平田，这场竞赛我可以代替须藤出场吗？我也会付点数。不保证能够获胜为班级贡献，但假如这样你也不嫌弃的话……"

"嗯，当然没关系……但真的没问题吗？"

"我也不好意思让你一个人付点数，而且我对下场考试也有点不放心。我也有想尽量先保住一分笔试成绩的私心。"

取得平田同意后，我便立刻跟上了栉田，在她和茶柱老师说话时插话。

"须藤的替补是你吗，绫小路？"

"是的。"

"身为避事主义的你竟然会主动参加，真是稀奇呢。"

"原来代替须藤同学参加比赛的是绫小路同学啊，请多指教哟。"

"请多指教啊，我脚程不是很快，请你见谅。"

"我觉得两人三脚比跑步速度更重要的是步调的配合呢。"

我们说完便立刻前去准备比赛。

"哈啰。绫小路同学，还有小桔梗。我们似乎同组呢……"

出现在我们眼前的是一之濑以及柴田。

"哇……真是遇到强敌了欸，你们两个居然组了队……"

"柴田同学是很强没错，但我不算什么哟，我都还没拿下一个第一呢。"

"是吗？真意外！"

"我得过一个第二名，剩下的都是第四、第五名呢。其实原定是别人出赛，但她在上午的两百米赛跑上不小心扭伤了脚。今年好像有很多人受伤呢。"

看来 B 班也出现了缺席者。他们是临时的搭档吧。

"柴田同学，我可以绑了吗？"

"OK。"

B 班搭档感情要好地绑起绳子。

"那我们也……呃，绑绳子可以交给你吗？身为男人擅自去绑绳子，我有点抗拒。"

"好呀。但真不可思议呢，你和堀北同学练习时，明明就是由你绑的。"

没想到她观察得真仔细呢。

"那家伙……她是例外。我和其他女生可不会这样。"

"也就是说，她是特别的存在吗？"

该说她是特别的存在吗？虽然她的立场特别是事实，但我难以告诉栉田详情。

"比起这个，堀北同学居然会主动去找须藤同学，真是难以置信呢……该怎么说，堀北同学看起来不像是会逃课的人吧？"

"我也很意外。"

"但你看起来好像并没有很惊讶呢。"

栉田蹲了下来，在我的脚上绑绳子，一面这么说道。

"我本来就是情绪不会写在脸上的类型。"

"就是所谓的扑克脸呢。"

"栉田。"

"再等一下哟，就快绑好了。"

栉田这么说完，就漂亮地结绳，同时以可爱的声音回应我。

对于这样的栉田，我决定冷不防地开口：

"把 D 班参赛表泄漏给 C 班的叛徒就是你，对吧？"

"……讨厌啦，绫小路同学。你怎么突然这么说？就算是开玩笑也真是过分……"

"我看见了哦，看见你用手机偷拍了写在黑板上的参赛表概要。"

"那只是我为了防止自己忘记才拍下来的。要是忘记自己的顺序就糟了呢。"

"只能用笔记本记下自己的顺序——我们是这么规定的吧。"

"是吗？抱歉，我不小心忘记了呢。"

栉田绑完绳子，便慢慢站了起来，带着一如往常的笑容看了过来。

"难道你因为那样就怀疑我？"

"抱歉，我很有把握。要不是那样，我们不会这么平白被 C 班打击。"

能像这样和她独处的时间有限。在某方面而言，现在算是说出这些话的绝佳机会。

"嗯……但是呀，就算有人泄露了 D 班参赛表，C 班也未必都凑巧能赢吧？"

"是啊。"

当然，C 班并不是在所有竞赛上都所向披靡，所以真相很难了解。因为就算看穿 D 班的参赛顺序，能否获胜也会受到 A 班、B 班的成员影响。但即使如此，可以一口气提升胜率也是事实。

"欸，绫小路同学。假如我就是泄漏班级情报的犯人、假如手机拍照就是决定性的招数，那你早就知道参赛表泄漏了吧？那么，你为什么事后没有变更参赛表呢？只要之后提出新的参赛表不就好了吗？这么一来，我拍下的参赛表就会变成旧的信息，你不觉得那就会失去意义了吗？"

"那没意义吧。如果叛徒是 D 班学生，那么无论怎样都能背叛。"

"你的意思是？"

"就像你所说的，只要在规定期限内修改参赛表，然后默默提出新的参赛表就可以规避风险。但就算这样，照理只要是 D 班学生，无论何时都可以确认、阅览参赛表。只要告诉茶柱老师想看参赛表，按道理来说是可以看的呢。"

随时确认参赛表这种事，应该是被允许的。换句话说，就算她在暗地里行动，只用反复确认参赛表，就能知道参赛顺序。

栉田……不，如果是龙园的话，肯定会让她这么做。

"但只要把真正的参赛表藏到最后一刻提交，就算之后有人看见，应该也更改不了吧。"

"那样的话或许参赛表确实就不会泄漏呢，但我没想到这点。"

"啊，但擅自做这种事，之后其他人也会混乱吧。应该行不通呢。"

那个想法的方向不错。要让以这份参赛表为中心的间谍行动无效，就必须事先出招。确实就像栉田所说，只要在截止时间前一秒提交参赛表，就算对方得到消息也是在截止时间之后，因此没有效果。但就算这样，也会造成毫不知情的同学混乱。擅自改变大家一起决定的事也会招惹反感吧。正因如此，假如最初就考虑到泄漏的可能性，班上事先制作多张参赛表才最为理想。这么做，不管是哪一种参赛顺序大家都可以应战。对方也会对随机提出的参赛表束手无策。这样就可以完全捣毁泄漏计划。

"我了解事情经过了，但我可不是犯人哟。可是我也不想怀疑其他同学。"

"那要和茶柱老师确认看看吗？确认有没有学生在参赛表提出后，还特地来确认。如果有的话，那个人很可能就是犯人。"

尤其是承认用手机拍照的栉田去看过的话，她的嫌疑就会更深。

"……"

栉田闭上了嘴，脸上的笑容首次消失了。这代表着她默认自己去确认过。

但她随即浮现出别有深意的笑容。

"呵呵，绫小路同学，你果然不是泛泛之辈。"

栉田笑道。那是我以前见过的那张我所不认识的栉田的脸庞。

"露馅了就没办法了呢。对呀，就是我泄漏了参赛表。"

"你承认了啊。"

"嗯，如果被茶柱老师问话，我确实就会露出马脚。那只是时间问题呢。并且我有把握就算告诉你真相，也不会被你拆穿。你不可能忘记吧？忘记你碰到我制服的事。万一公诸于世，事情可就糟糕喽。"

这是如果我告诉别人她就是叛徒，她就会把沾上我指纹的制服交给学校的威胁。

"我确实无法说你就是犯人，然后把你扭送。但你就顺便告诉我吧。船上的考试——那也是你通过龙园告诉所有学生自己是优待者才导出的结果吧？然后，龙园要求泄漏消息当作回报。"

"你指的回报是什么？你知道我不惜背叛班级的目的是什么吗？"

"你这次体育祭行动这么露骨，就算不愿意也看得出来。你以前想拜托我的事情，动机也和这次一样吧？"

"啊哈哈……嗯，原来如此。绫小路同学，还真的被你知道了。"

"嗯，我想知道你背叛班级的明确理由。"

"你是指我想让'堀北铃音退学'的理由，对吧？"

"因为只有你执着于堀北的理由，我怎么样都搞不懂。"

我本来想在体育祭前让她们双方当事人解决，但并不顺利。

"抱歉，我一定要让堀北同学退学。不管怎样，我的想法也不会改变。"

"换句话说，你的意思是就算把 D 班推到火坑也无所谓？"

"是啊，我即使不升上 A 班也没关系，只要可以让堀北同学退学，我就心满意足了。不过你可别误会哟，堀北同学消失之后，届时我就会和大家团结一致，以 A 班为目标。这点我能答应你。"

看来要阻止栉田好像不可能。这家伙意志很坚定。如果有必要的话，她应该也会接近葛城或一之濑、坂柳这些人物。

"啊，不过我的想法刚刚改变了。我打算把你也列入'退学名单'里。换句话说，排除你们两个之后，我才会以 A 班为目标。"

她带着平时那不厌其烦的笑容这么说，令人炫目。

"你就不觉得会有龙园暴露你的可能性吗？"

"我也不笨，所以不会轻易留下证据哟。龙园同学能无动于衷地陷害人，而且也会说谎。我算是有在赌会不会被他出卖就是了呢。"

她仿佛是在说——即使如此她也有无数个办法蒙混过去。

栉田是认真打算击溃堀北呢。

在这所学校的机制上，光是同伴里有叛徒，就会被迫卷入绝望的战斗。

参赛表顺序、战略，所有消息都走漏了。这样还要堀北赢，实在很勉强。

唉……毕竟她拟定战略时没有料到班里有叛徒。堀北如果是真正优秀的人，我还真想请她使出利用叛徒获胜的这点特技。

"体育祭上堀北同学遍体鳞伤呢。没办法帮助她，你应该很遗憾吧？"

"谁知道呢。"我如此简短答道。尽管我们互相敌对，但还是挑战了两人三脚。

3

须藤同学从我面前离去，大约过了一小时。如果顺利照着计划表来进行，最后的竞赛应该也差不多快开始了。须藤同学缺席带来的影响绝对不小。虽然想象得到平田同学他们勇敢奋战的模样，但结果无法令人期待呢。

无力的我只能茫然地站着。

我只能一直伫立在电梯前。

就算我回到阵营告知要退出比赛，我也没能力支付替补所需的点数。我手上的点数之后要被龙园同学全数拿走。换言之，我无法帮代我参加的同学扛下费用。我就算回去也是个无力的存在。

然而，我无法离开这地方的理由不仅如此。

假如须藤同学在我离开之后回到这里，他一定会很失望。

况且，在D班的败北几乎已板上钉钉的情况下，我想做力所能及的事。

我相信须藤同学会回来。

仅此而已。

然后，我的愿望实现了。

"你……还真的一直留在这里哦。"

"你总算回来了呢，须藤同学。"

我表现得很冷静，可是心里很高兴。

看见须藤同学进入电梯的模样时，我甚至忍不住发出声音。我打从心底认为电梯里有监视器真是太好了，因为可以让我获得冷静下来的时间。

"体育祭应该已经结束了吧。"

"或许如此呢，可是如果你现在回来，说不定还赶得上最后的竞赛。"

"就算参加又能怎样，我们班输定了吧。"

"这场体育祭，确实有超乎想象的凄惨结果等着我们D班。我受伤退出，而且高圆寺同学从最初就不参加，你也是中途退出比赛。同学们比起其他班胜率也很低。"

我就算抱着逆转比赛的心情挑战推荐竞赛，结果也一定残不忍睹吧。

"我可以把你回到这里，当成是为了回到比赛吗？"

"才不是。我是在想你也许还留在这里，我只是想确认这点……"

"这样啊。在等你的这一小时里,我在脑中试着思考了各种事情。我再次思考了自己是怎样的人,以及你是怎样的人。我在想,我和你果然很相似。"

总觉得独处冷静下来,那个答案总算变得明确。

"我们没任何共通点啦,你和我差太多了。"

"不,我跟你非常像。我越想越这么觉得。"

那并不是谎言,是我发自内心的话语。

"总是独自一人,总是很孤独,但仍旧相信自己办得到而一路走来。要说我和你有不同之处,那就只有想被认可的对象是一个人,或是一群人了吧。学生会会长的事情,就如我之前所说的那样,你应该知道吧?"

"嗯,是那装模作样的家伙吧。他好像是个很厉害的人。"

"那是我哥哥。"

"……啊?话说回来……你好像说过在和他吵架还是什么的……"

我对正在回想的须藤同学自言自语般说起哥哥的事。

"我们兄妹之间的关系,和感情好的兄妹天差地别。原因错在我能力不足。哥哥很优秀,讨厌和无能的我有所瓜葛,所以我才想拼命变得优秀。不管是读书还是运动。即使现在我也依然很努力。"

"等、等一下。你脑筋很好,而且也很会运动吧?"

"一般来看是这样呢。但就哥哥来看，那并没什么大不了，而且是理所当然要达到的水准。"

哥哥很可能在初一、初二时就达到我的水准了吧，又或者是更早。

"我为了追上哥哥，一点也不在意周围人的感受，结果就是我总是独自一人。回过头来，谁也不愿跟随我。我本来觉得这样就好，因为我相信只要自己够优秀，哥哥总有一天会愿意回应我。即使是这场体育祭，我也有自己的打算。只要参加许多竞赛，并且表现活跃，哥哥也就会看见我。我想要跑接力赛的最后一棒，理由也是如此。我心里微微地期待这样他是不是就会来和我说话，或是替我加油。像是为了班级、为了自己之类的，对我而言那种事情其实只是次要。"

因为面对了须藤同学的脆弱，我也成功面对了自己的脆弱。

"你就算那么努力也无法得到他的认同吗？"

"嗯，完全无法被他认同。但我总算发现了，发现我一点也不优秀。我在这场体育祭上被龙园同学玩弄于股掌之间，没留下任何成果。这样的我是不可能让哥哥认可的呢。我以 A 班为目标，是为了让哥哥认同。那不会改变。可是，我发现我为了那个目标的手段是错误的。我或许不该孤军奋战，拥有伙伴才能接近 A 班。"

"你不打算放弃吗？"

"要说我和你有不同的地方，就是这点了呢。我绝对不会放弃。为了让哥哥认可我，我会加倍努力。"

"那条路很辛苦的……"

"是啊。世上如果只有自己一个人，就一定不会痛苦，而且还会很轻松吧。但世界上有好几十亿人，我们周遭也有无数的人，是没办法无视的。"

人无法独自生存，一定得和他人一起走下去。

这场体育祭对 D 班而言是试炼，同时也成了可贵经验。

"我以前说过呢，说过你要是再施暴，就抛下你。但那并不是正确答案。假如你又快要走歪路，到时我会把你给带回来。所以，毕业为止，你把你的力量借给我吧，我也会答应全力帮助你。"

我注视着他。目不转睛地看着他。因为我想让他接受我的决心。

"刚才明明完全不是这样的……为什么你这次的话会这么沉重呢。"

"也许是因为我坦率地承认了呢。我其实……是个很没用的人，只是我自己不正视而已。"

我无法无所顾忌地和别人说出这种话，但他若和我是同类，那就另当别论了。

"我再说一遍，须藤健同学，把力量借给我吧。"

"堀北……"

　　须藤同学双手用力握拳，便用那两个拳头敲了一下自己的额头。

　　"啊……这是什么感觉啊。虽然我搞不太懂，但总觉得自己清醒过来了……"

　　他这么说完，便向前迈了一步。

　　"我会帮你，堀北。我……我总觉得这是自己在篮球以外第一次被人认同。我想回应你的那份心意。"

　　我知道自己对他的这句话自然而然洋溢出笑容。这是我第一次有这种感觉。

　　我胸口的这份悸动是什么呢？我知道那不是友情、爱情这类情感。

　　是有别于那些情感的……对，说得害羞点，就是结交到了伙伴。

　　那和绫小路同学与哥哥都不一样，是我所欠缺的东西。

　　这肯定还远远不足。

　　不过，我应该已经踏出最初的一小步了吧。

时代的转折点

后半场，这场体育祭的最后一项比赛一千两百米接力即将开始。除了 D 班以外，场上的气氛都升到了最高潮。

"最后竞赛了呢……这场也必须找替补……"

"呼！抱歉，久等了！现在怎么样了？"

气喘吁吁的须藤，以及稍微慢了一拍的堀北都回来了。

"须藤同学，你回来了呀。"

"……抱歉啊，我上大号有点久。"

那张表情隐约看得出来心情轻快。

然而，许多同学对须藤却是冷眼相待。须藤正面接受了那些眼神。

"抱歉，我因为发火而揍了平田，还降低了士气。D班快要输掉也都是我的责任。"

须藤在被人责备前说道，并且深深低下了头。如果是以前的那个须藤，这种事情他连演都不会演吧。感觉得到他一定发生了什么。

平田有些惊讶，也有点高兴地笑了笑。

虽然他那张有点肿胀的脸颊令人心疼，但他好像已经完全不介意了。

"干吗啊，健。这很不像你。"

池不禁对须藤这副模样吐槽。

"自己做错的事情就必须承认呢，也让我向你道歉吧，宽治。"

"我们输掉也不是你的错，毕竟我也不擅长运动……抱歉啊，我派不上用场。"

因为一个道歉，大家都渐渐谅解了他。毕竟大部分瞪着须藤的学生没能留下须藤那样的成绩。

"要是接力的替补还没决定，就让我跑吧。"

"除了你以外，就没有其他学生可以托付这项重任了哟。对吧，各位。"

最终竞赛一千两百米接力的规则是男女混合。各班男女各三名，一人跑两百米。

"我能要求替补吗……因为我这双脚无法取得令人满意的成绩。"

须藤的事情谈妥后，堀北便抱歉似的提出请求。

"你确定吗，堀北？你为了比这场接力一直很努力吧。"

"……没办法，凭我现在的状态，也不知是否能赢过池同学。抱歉。"

沉重严肃的会议场合上，堀北也跟着须藤深深地低下头。

没想到她竟然变得这么坦率了。

堀北的身心经龙园之手彻底破坏。

　　她争取到的最后一棒，是为了在这一天、这一刻，和哥哥并肩同行。

　　尽管不甘心地颤抖双手，她也为了大局放弃了她那无法实现的梦想。

　　如果勉强参赛，D班就无疑会在接力上败北。

　　平田点头同意，并决定让栉田代为参加。

　　以须藤为首，加上平田、三宅、前园、小野寺等五人，再让栉田代替堀北出赛，D班的编队由此组成。

　　因为D班里除此之外没有能参加的短跑选手。

　　决定成员之后，平田在我以眼神示意的同时开口说道：

　　"那个……抱歉，虽然很唐突，但其实我……"

　　但另一名男学生就像在插话似的同时说道。

　　"等一下。抱歉……也能让我弃权吗？"

　　这么说的，是原定要参赛的三宅。他的右脚好像有点异样。

　　"其实我在上午的两百米赛跑时扭伤了脚踝……我本来以为休息下就会痊愈，但现在还是很痛。"

　　看来也有学生不小心受伤。

　　"这么一来，就必须从男生里再选出一名替补了呢。"

　　平田这么说着，止住说到一半的话，接着张望四周。

　　然而，如果对脚程没有绝对的自信，应该不会有学生想参加这场最后的竞赛吧。

　　等了一会儿也没有出现自告奋勇的人，于是我决定报名。

　　"那可以让我跑吗？当然，我会支付代跑的点数。"

　　"咦？让绫小路跑吗？你……脚程快吗？"

　　当然，所有人应该都不觉得我脚程快吧。

　　"我赞成。我至今为止都一直观察着大家，我认为绫小路同学应该没问题。"

　　平田一句话就封杀了所有反对意见。这是平时就赢得信赖的男人的说话分量。谁都无法反驳。

　　"另外，因为D班的阵容不算太强，所以要不要采取抢先甩开对手的作战呢，须藤同学？我想从规则去思考，这也能取得优势。我认为由擅长起跑、脚程快的你先甩开对手，一口气与对手拉开距离会比较好。再由我维持你赢来的优势，接着把领先优势交给后面同学。"

　　那是场会掺杂高年级生、十二人同时起跑的接力比赛。由于无法准备十二人的跑道，所以起跑会并排。规则是可以由领先者使用内侧跑道。换句话说，最重要的就是抢占先机。如果可以在起跑冲刺上抢到第一，就不用卷入混战。

　　"……算了，没办法呢。如果要赢的话，除此之外别无他法。"

顺序是须藤第一棒，拥有稳定脚程的平田第二棒，接着插入含栉田在内的三名女生，最后则是我。再怎么说我的脚程也比女生快，于是成了最后一棒。就理由来说，目的应该是想把跑得慢的学生放在中间消耗吧。这样比较省事。

各年级、各班选出的精英们集中在操场中央。其中也有堀北的哥哥和南云等人的身影。

"须藤同学，交给你喽！"

栉田等跑者配合如此喊叫的平田，也对须藤高喊声援。须藤表现出十足的干劲，进了跑道。一年级好像比较有利，D班位在最内侧，三年A班在最外侧。

因为到三年级为止有三名女生，起跑优势感觉很明显。

气氛高涨到最高点之后，最后的接力赛终于要开始了。

虽然我们D班在体育祭上没胜算，但只要在这里取得胜利，今后发展说不定也会大有改变。

我们的阵营里也传来了加油声。

"真是好险，我差点就弃权了呢。"

"是啊，没想到三宅会受伤。"

我一开始原定要在这场最后的接力代替平田参赛。当然，这件事除了平田之外，谁也不知道。

"这样就可以了吧，绫小路同学。"

"嗯，麻烦你做了各种安排，还真是抱歉啊。"

"这对 D 班来说，是理所当然的事情。我也不愿意一直被龙园同学打击，希望他会因为你去跑而受到惊吓吧。"

"我不会辜负你的期待。比起这个，我们现在先帮须藤加油吧。"

须藤毫无紧张之色，在宣告起跑的声音响起同时，跑出了很理想的速度。即使在至今看过的练习里，这也可以说是时间点最佳的冲刺。他展现出从第一步就领先十一人的气势。我可以看见他在学生们发出"唔哇!"的声援同时高速向前奔跑。

"好强，真快!"

须藤的出色表现，连在一旁观战的柴田都很佩服。

二、三年级男生的速度应该也很快，但他们却被卷入混战，苦于占位。须藤趁机逐渐超前，带着十五米以上的优势归来。

"交给你了，平田!"

D 班顿时热血沸腾。须藤把棒子递给下一名跑者——平田。

这名读书、运动都完美的混合型男生，在此也表现得很出色。

后面学生也跟在后头，不过拉开的差距几乎没被缩短，我们如计划维持领先，就这么轮到第三棒的小野寺。如果要说有问题的话，就是从这里开始。小野寺就女生来说跑得很快，但后面逼近而来的几乎都是男生。领先的距离稳稳地逐渐被拉近。交棒给第四棒的前园时，领先就几乎已经消失，在她跑出时，被二年A班的男生超前。

虽然我们以第一名为目标，但高年级生果然很强。前园接着甚至被三年A班超越，逐渐被后面的学生逼近。三年A班和二年A班变得领先。这应该就如大家所猜想的吧。然而，体育祭总会发生意外。要把棒子交给第五棒的那名三年A班女生，在距离下一名跑者后方大约五十米处不小心摔了跤。虽然她急忙重新站起，但二年A班趁机领先，转眼间就产生了剧烈的差距。棒子交到第五棒栉田手上时，D班也被同年级的A班超前，掉到了第七名。综合能力上还是其他班级比较强。我原本以为至少能把上台领奖当作目标，但这好像成了一场严苛的硬仗。在一年级无法匹敌的情况中，只有一年B班作为第三名拼命紧咬上去。

B班的王牌柴田一下子集中了众人目光。他负责最后一棒，和我一样正在待命、等待出场。

三年A班的第四棒跌倒，排在最后一棒的男生们的状况因此为之一变。

"这场比赛是我们的胜利呢，堀北会长。如果可以的话，我还真想和你跑场胜负难分的比赛。"

南云一面注视着最领先的跑者——二年A班学生，

一面笑着。跑在第二名的三年 A 班学生，应该有三十米的差距。如果是彼此实力相当的跑者，那是绝对赢不了的距离。

"综合分数上好像也是我们班会赢，这应该算是拉开新时代序幕了吧……"

"你真的想改变吗？改变这所学校。"

"至今为止的学生会都太无趣了呢，太固执于遵守传统。嘴上说着严厉的话，同时却不忘救济。不太会出现退学者的天真规则，那种东西已经不需要了吧。所以，我只要制定新规则就好。创造终极的实力主义学校。"

南云这么说完，便迈步而出。他开始助跑，接下逼近自己的接力棒。

棒子递给了代表二年 A 班的南云。

不久，柴田也在第二名这绝佳状态下接下棒子。

"好，Nice！接下来交给你！"

眼神炯炯发光的柴田追赶南云，飞奔而出。

虽然只有一瞬间，不过我和堀北的哥哥对上了视线。

简短对话里可以看出的事情很少，但这个男人也正在战斗。

"没想到你居然会是最后一棒呢。"

"我是伤员的替补。原本这个位置是你妹妹。"

"这样啊，那家伙以自己的方式挣扎过了呢。"

就算只有这个瞬间，堀北也想和自己的哥哥并肩同行。

即使无法交谈，她也打算传达自己的心意吧。

"我观察了你们班，我一直以为你们是无可救药的班级，但在这最后的接力赛跑上，我却感受不到这点。究竟发生了什么？"

"真是观察入微呢，一年D班不是需要留意的存在吧。"

"我会观察所有班级，不会有例外。"

"如果要说有改变，那就是因为你的妹妹改变了。"

"……这样啊。"

他没有惊讶，只是带着平时的冷静表情简短回答。

"那你呢？你又如何呢？我无法从你身上感受到热情。"

"我就一如往常。也对体育祭不那么感兴趣。毕竟都知道结果了呢。"

班级的想法。

须藤的想法。

堀北的想法。

我对那种东西没太大兴趣。

不过，我有一个预感。

"你毕业后应该就无法见证了吧……我们班可是会

变强的。"

"我对那种假设的未来没兴趣呢。"

我刻意叫住打算把视线移往跑过来的伙伴身上的堀北学。

"那么，我是怎样的人——你对此感兴趣吗？"

"什么？"

这是他应该动身助跑的时机，但他就如我所想的一样，停下了动作。

"假如你希望的话，我可以陪你赛跑。"

"……你这男人还真是有趣呢。是我弄错了吗？我还以为你至今都讨厌引人注目，而且避免公开活动。我本来以为你在接力赛也只会随便跑跑。"

"你愿意舍弃爬得上第二名的可能性来和我比赛的话，我就接受挑战。毕竟一年级和三年级根本就没什么机会比赛呢。"

面对我做出的意外挑衅，堀北哥哥完全停下脚步，把身体面向了我。

"有趣。"

他这么简洁答道，就没打算再跑出去。最困惑的应该是三年 A 班的第五棒吧。因为他为了把棒子交给最后一棒而拼命跑来，堀北哥哥却就这样伫立原地接下棒子。

"辛苦了。"

"啊，咦，哦……"

虽然不知名的三年级生对堀北哥哥若无其事收下棒子的态度感到惊讶，但还是退了下去。这恐怕是一场前所未有的接力赛。

大部分察觉情势异常的观众们都看向了堀北的哥哥。本来第三名的三年A班接连被后续跑者超前，接着，D班的栉田终于朝我跑了过来。

栉田也发现了这异样的情况，但还是全速跑了过来。

"在决胜负之前，我先提醒你一下。"

"什么？"

我在彼此准备进入助跑的阶段，决定先告诉他。

"尽全力跑吧。"

虽然只有一瞬间，但我隐约觉得消失在我视野后方的堀北哥哥稍微笑了笑。

棒子就要交到我手上了。

"绫小路同学！"

我接下栉田递来的棒子，开场就马力全开，向前冲去。

至今为止，我从未在宽阔世界里认真奔驰。

这状况和我在无情感的房间里淡然地不停奔跑时根本不同。

现在是离转凉还早的十月初。

我的身体沐浴着凉风。

追上、超过前方跑者之类的事都无所谓了。

这瞬间，和跑在我身旁的男人一决胜负才是一切。

我们就像在划开风似的全速奔跑，逐渐与前方跑者缩短距离。

"不会吧！"

一名学生在我超前时发出惊讶不已的叫声，但声音马上就随风而去。

接着，我连欢呼声都听不见了。

这和战略、智谋都无关。

纯粹是与跑在我隔壁的堀北学之间的单挑。

我过了第一个弯道，过了直线，接着跑向最后的弯道。

你看。我可以再继续加速哦……

操场中响彻怒吼般的欢呼声。

1

"……你跑得超快的欸。"

我一比完回来，轻井泽就一面撇开视线，一面这么对我说。

"只是对手跑得慢吧。"

"不不不，你看了周围的反应之后，还能那么说吗？"

"玩笑话就先不说了，结果我还是没办法跑赢学生会会长。"

"唉，那是没办法的吧，因为跑在前面的人跌倒了。"

前面跑者对我们惊异的追赶感到慌张而跌倒，我眼前的道路于是被堵住。虽然我避了开来，但那些微的损失很巨大，堀北的哥哥因此跑到了前面。

要是没有意外，结果就不知会是如何了，不过那种事怎样都无所谓。

起码我在这场最终竞赛上吸引了全校的目光，应该是可以确定的吧。

大部分跑完的家伙都对我投来好奇眼光。

"绫小路！你不是跑得超快的吗？你至今为止都在放水吗？"

须藤跑了过来，狠狠拍了我的背。因为他使出了全力，所以相当痛。

"因为我擅长的就只有逃跑速度。但这比我想象的还顺利，不过是所谓的狗急跳墙呢。"

不只须藤，几个对我跑步表现感到惊讶的学生都上前找我搭话。

"那种速度光是那样可无法解释呢，你这个骗子。"

拖着受伤的脚走来的堀北用手攻击我的腹部。

"你们啊，这可不是该对全力战斗归来的士兵做出的行为呢……很痛欸。"

因为堀北来会合，轻井泽为了不打扰到我们，因此自然而然地保持了距离。

佐仓也远远地看着这边，不过因为有很多人在，所以她没有靠过来。

"要是你从一开始就用刚才的感觉跑，状况明明就会不一样。但你为什么拿出真本事了呢？这样也会受人瞩目呢。"

就如她所说的。先不论平田、柴田那种以前就被认定跑很快的学生，或是须藤那种在体育祭一开始就拿出真本事，至今为止我都是平凡地在过日子。

无论如何，这反差都会影响到我，但那也是看我的想法。

在参赛表名单动手脚，或隐瞒我的真实水平，都是平田和堀北在暗地操作的策略——要做这种表面工夫也没那么困难。

尤其对龙园那种不易下手的对象，将发挥出强有力的作用。

"差不多要公布结果了呢，走吧。"

闭幕典礼的同时，学校也会公布结果。

全体学生看向巨大的电子布告栏。

"那么，现在起要宣布本年度体育祭的结果……"

电子布告栏上分成红、白两组的数字开始计算，数值增加了起来。

十三个项目的总得分，获胜组别是……

分数与"红组胜利"的文字同时显现出来。

比赛竞争非常激烈，但 DA 联盟的红组好像拿下了胜利。

十二个班级全部分成三组，也一并出现，各班得分逐一显示出来。

对我们来说，二、三年级的成绩怎样都好。

关键在于 D 班是第几名。

　　　　第一名　一年 B 班
　　　　第二名　一年 C 班
　　　　第三名　一年 A 班
　　　　第四名　一年 D 班

"唔哇！果不其然啊！我们输了！"

"……唉，也算是意料之中吧。"

虽然红组获胜令人高兴，不过，看来一年级的我们狠狠扯了后腿。不过也没办法。我们有高圆寺、坂柳两名缺席者，应该占很大的因素吧。

二、三年级 A 班皆以压倒性得分位居第一，D 班也获得了第二、第三名，可窥见稳定性之高。

但接下来就很惨了，因为作为红组获胜的 A 班在综合排名是第三名，所以是负五十点。D班最后一名所以负一百点。C班因为白组输掉，而扣了一百点，B班综合成绩虽是第一名，但因白组败北而扣掉五十点，所以结果是五十点。一年级以所有班级都倒退的结果告终。

我隐约觉得这时大家的疲劳都一口气席卷而来。

就算这么努力，班级点数却还是减少，得不到回报。当然，个人竞赛上获胜的学生能在之后考试上得到补助，不至于完全没用。

"那么最后，我们要宣布各年级的最优秀选手。"

须藤最期待的应该就是这部分吧。

假如可以拿到第一名，须藤就会被允许光明正大直呼堀北的名字。

然而……

一年级最优秀奖是B班的柴田飒。

电子布告栏上这么显示。

"啊啊啊！果然是这样！"

须藤失去最后希望，而发出惨叫，垂头丧气。柴田不是第一，就是第二名。虽然须藤在所有个人竞赛都拿下第一名，但缺席应该还是大大影响了结果。既然得分高的接力赛都输掉了，那也没辙吧。

闭幕典礼结束后，他还不甘心地持续凝视着布告栏。

"须藤同学，你没拿下学年第一，你还记得约定吧？"

"……嗯，虽然很不甘心，但约定就是约定。今后我会叫你堀北。"

"这心态不错呢。"

堀北有点坏心眼地笑了笑。

"我忘了一件事。你单方面地对我提出条件，我想起我还没提我的要求。"

"什么啊？"

"要是你拿了第一名，就要直呼我名字。你都提出那种任性条件，所以我在你没达成之时提个要求应该没问题吧。"

"嗯，没问题……"

"我的要求是……无正当理由，禁止你施暴。你可以答应我吗？"

"这是惩罚吧……不过我会遵守的。"

"当然，你别忘记判断正当性的人不是你，而是我或是第三者。"

须藤对这份叮嘱也乖乖服从了。

通过这次事件，他发现了自己的愚蠢，然后也或许学习了成长。

堀北慢慢转身离开。

"对了……这场体育祭，我跟你一样没能回应大家的期待。"

"毕竟你受伤了，所以没办法吧。"

"即使如此我也无法原谅自己，我也必须承担相应责任。"

堀北这么说完，便头也不回地继续说道：

"所以，假如你想叫的话，我也可以允许你直呼我的名字。"

"什么？喂、喂！"

"那就是我对自己的处罚。"

这就是堀北自己的妥协点、中间方案。

"虽然我们是最后一名，但是多亏你，我才能对今后的战斗怀抱希望。我真的很感谢你。"

"……嗯、嗯嗯！"

须藤害臊地蹭了蹭鼻子下方，看向别处，双颊染红是夕阳的错。

"太——好——啦啊啊啊啊啊啊！"

须藤就像一扫所有疲劳似的呐喊，对天举起双臂。

"体育祭太棒啦！真是太棒了！铃音！"

"真是太好了呢，须藤。"

"对啊！"

"抱歉在你们兴头上打扰，可以耽误一下吗？"

在我想返回校舍之时，被人搭话了。一名沉稳的女生前来攀谈。我不知道她的名字或性格，但我在骑马打仗上见过她，只知道她是 A 班学生。

"之后换完衣服也可以，你能抽空出来吗？"

"……为什么是我？"

"因为有点事情。你五点来玄关吧。"

"喂、喂，绫小路。什么啊什么啊，这是怎样的发展啊！"

我脑海里刹那间也浮现出告白般的剧情，但我从这名女生身上感受不到那种氛围。

"喂，所谓'有点事情'是怎么回事？"

我试图叫住她，但少女却淡然离去。

"什么嘛，你的春天也到来了吗？"

"看起来并不是那样……"

"说不定有女生看见你在最后一棒表现亮眼而一见钟情哦。"

"真伤脑筋……"

话虽如此，但我的心脏可没强大到可以无视被人叫出。

我目送完不认识的少女，就在换衣室换上制服，回到了教室。

由于学校要求我们在闭幕典礼的同时各自解散，大部分学生都已经在归途上。

身穿制服、比我晚一点回到教室的堀北一坐下，就向我搭话。

"这次真的彻底输了呢。"

堀北这么说道，表情毫无阴霾。

"不过，总觉得你让我在这场体育祭上大大成长了呢。化失败为今后的力量——没想到我使用这句话的一天也会到来……"

"是啊。如果你觉得自己有所成长，难道不是件好事吗？"

"这个班级会变强，而且一定会往上升。"

"这句话真的一点也不适合你呢。"

"……是啊，这很不像我呢。"

堀北自己好像也很不知所措，有点难为情地撇开眼神。

"但课题堆积如山，还有不得不解决的问题。为此我得先磕头道个歉才行呢。"

"磕头道歉？"

我好奇地反问道，但她不打算详细解释。

"是件与你无关的事。今天谢谢你了。"

2

在体育祭上用尽全力的学生们精疲力竭地接连离开教室。再怎么说今天好像也不会有社团活动，须藤同学边和池同学他们聊天，边走了出去。我的同桌绫小路同学好像也要回家，因而早早就离开了座位。他好像很在意我还没离席，而看了过来。

"你还不回去吗？"

"嗯……因为有些小事。"

"你平时明明都很早回去，还真是稀奇呢。"

"我偶尔也想在教室多待会儿。今天辛苦你了。"

同学就这么一个接一个离开，眨眼间教室就只剩我一人。

事到如今我留下的理由就不用多说了。

是为了赴龙园同学的约。这场体育祭，我被龙园同学玩弄在股掌之间。现在也是事后诸葛亮。我无法采取任何对策，被他随心地摆布。

不过……

我的心情却意外地很轻松。我深深体会到自己被人彻底击溃了。

我总算明白自己远比自己所想的还脆弱、没用。我想我不得不感谢他告诉了我这件事。

即使如此，我们背的债也绝对不轻。因为不仅是我，许多学生都会被迫负担。转移一百万个人点数给 C 班，也相对潜藏着之后苦战的可能性。

"久等了，堀北同学。我和朋友聊得忘我，对不起呀。"

和朋友出过一次教室的栉田同学边双手合十，边回到了教室。

"没关系，距离约定时间也还早，走吧。"

3

"嗨。看来你没逃避，乖乖来赴约了呢，铃音。"

"要是在此逃走，我就会真的成为无可救药的人。我当然会赴约。"

"看来你已经做好心理准备了。不错，有进步。"

就算被他夸奖，我也丝毫不感到开心。

"但在这之前……你也该结束闹剧了吧，栉田同学？"

"咦？闹剧？你到底在说什么呀？"

我在染上夕阳的校舍里，主动正面与栉田同学对视。

"你要在场装好人也无所谓，但目的是什么呢？这次体育祭就是你走漏消息，所以C班才会顺利推进计划。你像这样和龙园同学待在一块，也是为了计划顺利推进……不是吗？"

"……讨厌啦，你是听谁说的呢？平田同学？绫小路同学？"

"不，是我自己感受到的，因为我无法彻底消除心里的突兀感呢。这里除了他之外没有其他人。你也差不多该面对了吧。"

"你说面对，是指面对什么呢？"

"一开始，我在公交车上看见你说服高圆寺同学让座。老实说，当时我并不知道就是你，不过我马上就回想起来了……"

我目不转睛地看着栉田同学的眼睛这么说道。既然她和龙园同学勾结，我就要深入核心。

深入我至今认为不必触及，而没去提及的事。

"想起'我的初中'里有过像栉田桔梗你这样的学生。"

她总是保持笑容，但假如那件事被我说出来，她也就无法一直这样笑眯眯的了。

我看见她在我眼前第一次垮下表情。

但她立马就浮现出另一种笑容。

"也难怪你会马上想起来，毕竟我在'各方面上'可都是问题儿童。"

栉田同学这么说完，就静静垂下视线。

"那种形容应该不正确吧，你才不是问题儿童。你现在在 D 班不是深受大家信任、爱戴吗？但……"

"能请你别继续说往事了吗？"

"也是，事到如今翻旧账也没意义呢。"

龙园同学开心地听我们的对话，同时浮现笑容。

"既然话题接上，你应该已经明白了吧……明白我的目的。"

"嗯，我也差不多发现了呢，你想把我从这所学校赶出去。但那对你而言也有很大的风险吧。假如我揭露真相，你不是会失去现在的地位吗？"

"我和你哪一方比较受信任应该不言而喻吧。这就是所谓低风险的选择呢。"

"但假如被我揭露，你不会困扰吗？就算没一个人相信我说的话，也会留下疑问。至少我和你曾经就读同一所初中，是无法否认的事实呢。"

"是啊，不过……万一你和其他人说出我的事情，到时我一定会把你彻底逼入绝境。那样才会把你宠爱的哥哥卷进来呢。"

我因为这句话不禁僵住身体。

正因为我知道眼前这名叫做栉田桔梗的学生的过去，我才知道假如我触怒了她，哥哥恐怕真的会被卷进来。

这可以说是针对我的完美的、无破绽的终极防卫手段。

然而，对栉田同学来说，她也无法轻易行动。因为要是她露骨地做出牵连我哥哥的事，我也有可能变得自暴自弃。

正因如此，她才没这么做，而是拟定正面赶走我的策略。

"你只要无视我不就好了？你应该知道我不会和人

有过多瓜葛，也不会做过多干涉吧？"

"现在是这样，但今后可没有任何保证。为了做我自己，不让知道我过去的人全都消失，我可是会很困扰的呢。"

"那么听见这件事的我，也会是你的猎物吗？"

"依情况不同，或许也有可能呢。"

虽然他们正在联手，栉田同学依然光明正大地断言。

"呵呵，真是讨厌的女人呢。算了，我就是喜欢这点才决定和你合作。"

"我要宣布一件事，堀北同学。我会让你退学。若是为此的话，即使对方是恶魔我也会合作。"

栉田同学这么说完，就离开我身边，站到龙园同学那一侧。

"真是遗憾呢，铃音。被可靠的同伴背叛。"

"这次我真是一直被你摆布呢，龙园同学。不……应该是从更早之前开始吧。不管是船上的考试、无人岛、须藤的打架事件都是如此，我真的都一直在输。"

一旦承认的话，这就是很简单的事，这些话毫不费力就从我喉咙说出。

"我们来解决问题吧。'你们'的要求就是点数和磕头道歉吧。"

"先提醒你，木下和你相撞纯属事故。那既不是别有用意，也不是恶意。社会上也是如此吧，发生事故就会出现一两次和解。事情就是那样。"

"……是啊。因为没证据，所以明显我会变成加害者。"

要申诉清白，需要相应的觉悟及力量。这次我不得不老实承认。

"但我要在此前提下先断言，断言这起事件是你设计的。是你命令木下同学害我跌倒。"

"这是被害妄想呢。"

"即使是妄想也没关系，可以请你告诉我吗？你在这场体育祭上设了怎样的圈套？"

"难得你都要磕头道歉了，如果要想象你的妄想是怎样的内容，应该就是这样吧。"

龙园同学一面开心地笑着，一面滔滔说起作为妄想的发言。

"我在体育祭开始前，叫栉田拿到 D 班所有参赛表。然后弄到手后配合它编列能力适当的人才，摘下胜利。当然不止如此，我也彻底调查过 A 班呢。"

"真是漂亮的指挥呢。事实上你们的确赢了 D 班和A班。"

尽管在综合能力上不及 B 班，但他们无疑奋战了一番。

"不过，你们应该可以赢得更有效率吧？为了击垮我，还把两名王牌级的人物安排和我同组，而且有一个人还受伤退赛。那令我很费解呢。"

"呵呵，意思就是光击溃你的这理由就很足够了。因为这次我打从一开始就对在综合分数上获胜毫无兴趣呢。"

"但是你的战略很走运。真是太好了呢，因为木下同学在执行害我跌倒的任务时运气很好。那就是——我受了无法继续比赛的伤，木下同学自己跌倒受了重伤。哪一种都不是蓄意就能办到的事情。"

我心中不解的便是该部分。因为她如果是擦伤，情势就不会变得如此严重。

"你的伤势的确是偶然的产物。如果故意让你受伤的话，无论如何都会变得很明显。贸然碰撞，尝到苦头的就会是木下。所以，我让木下事先练习了一件事。练习了如何与对手碰撞，看起来跌得很自然。"

一般人受到这种命令通常都会反抗。该怎么做才能让她如此乖乖服从呢？

"还有木下的伤……那怎么可能是出自于偶然。"

"咦……"

"她的确是跌倒了，不过当然不可能那么简单就造成重伤，所以我只叫她装作很痛，并且让她从体育祭舞台上中途退场。之后很简单。我在她接受治疗前，直接让她受伤了呢。就像这样……"

他说完，就狠狠踩了走廊地板。

毛骨悚然的声响，响彻了整个走廊。

"是你伤了她？把她……"

"我说要给她五十万点，她就答应了呢。钱的力量还真是恐怖。"

也就是说，让她受重伤是最初就决定好的呢……

我打从心底对他的想法和执行力感到恐惧。他为了获胜，真的不择手段。

不过，我没想过他会老实讲到这种地步。

"不管我问什么，你都如实地滔滔不绝，这样好吗？"

"什么？"

"假如我录下了你的自白，事情会变得怎么样？"

我说完，就拿出手机给他看。

"这是你刚想到的虚张声势吧？"

"我不过下了最后一个赌注，没想到你却说了出口，我很惊讶呢。"

我操作手机，在特定的时间点播放。

"我在体育祭开始前，叫栉田拿到 D 班……"

"如果你们要控诉我，或是要求点数与磕头道歉，我就会把这份证据呈给校方。伤脑筋的会是哪方？"

"唔！"

龙园同学的笑容第一次消失。

"铃音……你……"

"就我的立场来说，我也不想闹大，所以这次就这样……"

"哈哈哈哈！"

龙园同学忽然再次笑了出来。

"你真的很能取悦我。我一开始就说过了吧，刚才的话纯属虚构，我只是在奉陪你的被害妄想。那只是你在脑中擅自创作的捏造妄想呢。"

"即使如此，你有办法确认那份妄想是否属实吗？我也可以删除你说是妄想的部分，并且对音档加工。"

只要剪掉前半部分，就无法确认那是谎言。

"万一那样的话，我也只用提供原档，就不会引起问题了呢。"

龙园同学无畏地笑着，然后从口袋取出手机。

"你知道是什么吗？这是从头到尾的录音……不，是正在拍摄的视频。"

他说完，就把背后附着的相机面向我。那是比声音更可靠的保险手段。

也就是说，龙园同学连我会做出的最后赌注都已经猜到。

这就是所谓……事情往往不会称心如意吧。

我对校方提出删除不利于我的前半段音档，学校就会进入调查。

　　龙园同学他们也会遭到怀疑，但没办法因此断罪。要是企图捏造他作为妄想说的话成为真相，我应该就会遭到责难吧。

　　"你要承认吗，铃音？承认你彻底惨败的现实。"

　　栉田同学也无畏地笑着。

　　这令我痛切地感受到自己是个蠢货。

　　他不是以随便想到的策略就对付得了的家伙。我连最后的抵抗都告吹了。

　　"你就舍去自尊，磕头道歉吧，铃音。"

　　我听到那句死刑宣告，静静下定决心要跪下。

　　"知道了……我就……"

　　"哔哔"，忽然响起了很不相称的音乐。

　　龙园同学的手机似乎响了。我想他本人也没怎么在意。他只是为了寻找这个声源，而不自觉将视线落在屏幕上。

　　但是，始终保持着微笑的龙园同学，却瞬间僵住了表情。

　　他看也不看我，便开始操作起手机。

　　然后，手机传来不知在哪里录下的混杂声音。

　　　　你们听好。为了陷害、击溃 D 班的堀北铃音，我来教你们该怎么做。给你们看个有趣的东西。

是龙园同学的声音。那是研拟要在体育祭上执行的战略时的对话吧。

他详尽说明了刚才洋洋得意对我说的事。

我无意反对你的作战方案，但请给我机会与堀北一战……

途中也录进了伊吹同学说话的声音。

你就在障碍赛上和铃音跑，并且碰撞她吧。怎么做都行，但你可要跌倒哦。之后我会让你受伤，再勒索那家伙。

我不懂究竟发生了什么事。

"这是怎么回事？龙园同学？这些声音是什么？"

椿田同学好像也没理解事态，而向龙园同学要求说明。

"……原来如此，原来如此。原来如此啊，呵呵，这不是很有趣吗？你知道这是怎么回事吗？也就是说C班中也有叛徒。然后，那家伙不仅把你们，也把我玩弄于股掌之间。意思就是桔梗的背叛和铃音会败在我手上，那个人全部都料到了呢。哈哈哈哈！真有趣！真有趣，喂！在你背地里操纵的那家伙真是太棒了！"

　　龙园同学就像在说这是杰作似的把头发往上拨，并发自内心笑了出来。

　　"你被利用了啦，桔梗。你背叛班级，以及把参赛者名单的信息泄漏给我们，对方都计算到了。那个人什么都看透了。"

　　"他从一开始就料到我会背叛？你说谁能办到那种事？难道是绫小路同学？我以前也不知道他竟然跑得那么快……"

　　"那家伙也是候选人之一，但是我无法肯定。能够准备这种录音的家伙，会不会轻易露出马脚是另一回事。或许有人能策动铃音和绫小路，而依据情况不同，对方甚至也能策动平田。我接下来会仔细找出那个人的身份。虽然没成功从铃音身上敲诈点数并让她磕头道歉，但只要有收获就算是不错了吧。"

　　没错。我不知道那是如何办到的，但他利用了C班某人，录下了龙园同学的作战方案。只有这点，我很有把握。

　　然后，他在接力赛上和哥哥之间的竞赛，实在太令人费解了。那很不像是讨厌引人注目的他。不过，正因为知道这点，我脑中闪过的人选就只有绫小路清隆。我知道他在已经被调查的情况下刻意采取显眼的行动。至今在背地里操纵班级的人物突然抛头露面，当然会受到怀疑——怀疑他是冒牌货。

看见龙园同学的怀疑对象不仅限定在绫小路同学身上，也就表示他背着我设了什么陷阱。

"这次就到此为止。这封邮件的寄信者，应该也不会再继续追究了吧。"

"真的吗？假如他拿那份录音威胁我们呢？"

"对方打算给学校的话，应该会更晚提出。因为在我们控诉之后才比较有效呢。虽然没能让她磕头道歉，但就我的目的来说，已经达成了一半，已经算是很不错了。"

4

我换上制服之后，依约前往玄关，少女已提前等候。

"所以，你指的事情是？"

"跟我来。"

"是要去哪儿……"

"特别教学大楼。"

还真是相当奇妙的地点。

没详细说明便迈步而出的少女抵达了特别教学大楼的三楼。

这层楼即使在校内也是少数没设置监视器的地方。

"这究竟……"

当我正打算叫她，少女就要我在这等着，独自走了出去。

她路过走廊角落之后，就轻声喃喃说道：

"我可以回去了吗？"

"可以。辛苦你了，真澄同学。今后还请你多多关照。"

"……好的。"

叫做真澄的女生静静点头，接着离开。

声音的主人慢慢现身。

那个人一面单手拄着拐杖，一面用冷冷的笑容看着我。

是一年 A 班的坂柳。

"就是你把我叫来的？"

我问道，坂柳却什么也没回答。

接着，我和坂柳对视了一会儿。

傍晚的校舍，一名少女拄着拐杖站在我面前。

"你在最后的接力赛上大受瞩目呢，绫小路清隆同学。"

我才在想她终于开口了，但原来是那种事啊？

"啊，抱歉。我可以先发个邮件吗？有人在等我。"

"请。"

坂柳无不愿之色，对我露出了笑容。我发掉事先准备好的邮件。

"那么……就是你叫我出来的吗？"

"是的。"

立刻回答啊。

"所以你有什么事？可以的话，我希望你快点切入正题呢。"

"看到你的跑步表现，我想起了某件事。我想和你共享当时的冲击感，就不知不觉把你叫了出来。这简直就像是告白前兆，对吧。"

"我完全不懂你在说些什么……"

喀锵、喀锵。坂柳边拄着拐杖，边站到我身旁。

"好久不见了，绫小路同学。暌违八年又两百四十三天了呢。"

"你是在说笑吧，我才不认识你。"

"呵呵，也是。因为是我单方面认识你而已。"

喀锵。

喀锵。

拐杖渐远。

她到底是什么意思？

我决定径自结束谈话，往坂柳的反方向迈步。

"White Room。"

这单词从耳朵传入我脑袋时，我便无意识地停下了脚步。

我缺乏冷静。为何、为什么——这种疑惑逐渐扩大。

"很讨厌对吧。被只有对方才握有的情报所摆布。"

"……你!"

"这是令人怀念的再次相遇,所以我认为我得打个招呼呢。"

居然说是再次相遇?

我回过头再次看了她一眼,但我对她还是毫无印象。

过去我也不曾失忆。

我是来这所学校才知道这名少女——坂柳。

应该没错。

"这也难怪。你不认识我,但我认识你。这也算是不可思议的缘分吧。没想到会在这种地方和你再次相遇。老实说,我还以为再也不会遇见你。不过,这样所有谜团都解开了。无人岛、船上,以及D班的退学骚动——无论如何,我都不认为是堀北铃音的主意。一切都是你在暗中操纵呢。"

"你在说什么?我们可是有好几个参谋呢。"

"参谋是指堀北铃音同学吗?还是平田洋介同学?无论是谁,既然有你的存在,其他人都无所谓了呢。"

……这家伙所言不假。看来她真的认识我。

"请放心。因为我暂且不打算告诉任何人。"

"说出来应该会比较轻松吧?"

"毕竟我不想被打扰,只有我才适合葬送虚假天才。"

喀锵。细拐杖顶着走廊地板。

"这个无趣的校园生活里，也稍微有了点乐趣。"

"我可以提个问题吗？"

"很荣幸能接受你的提问。请问吧。如果你想知道我是怎么认识你的，我也可以回答哦。"

"不，我对那种事情没兴趣。我只想知道一点。"

我注视坂柳的双眼。

"凭你能葬送我？"

我问道。

"……呵呵。"

轻轻笑着的坂柳，又再次笑出声来。

"呵呵呵。不好意思，我忍不住笑出来了。但我并不是刻意污辱你，因为我很清楚你有多厉害。我现在变得很期待呢。毕竟破坏你父亲创造的最高杰作，才能达成我的夙愿。"

我也希望如此。

因为我自己的败北，也代表着打败那个男人呢。

真希望你能破坏我的这份悲哀矛盾……

我打从心底这么想。

后记

您好，新年快乐。我是衣笠彰梧。

第五本睽违四个月发售（此指日本发售状况）。其实我原定更早交稿，可是这次又再次变成间隔四个月。很想说下次一定会达成，但在此宣言也不会有什么好事，我就先不这么做了。

本篇开始了第二学期，其开幕战则是体育祭。这次故事是主角作为幕后黑手活动，并以全班、堀北为主轴。然后，知晓主角过去的人物终于登场了。这本同时也是让学校逐渐更进一步认识到主角存在的最初契机。故事还在初期阶段，但今后我会继续努力写作，还请各位多多指教。

那么，去年我受了各式各样人的帮助。尤其是插画师知世俊作大人。然后，虽然编辑大人您每次都没事打电话来，或是找我闲聊，但关键时刻比任何人都可靠。真是受您照顾了。深深希望今年也能和您好好相处。

各位读者及相关人员，今年也请多多指教。